京城闲妇 / 申力雯文集 / 散文卷
France does not believe in presents

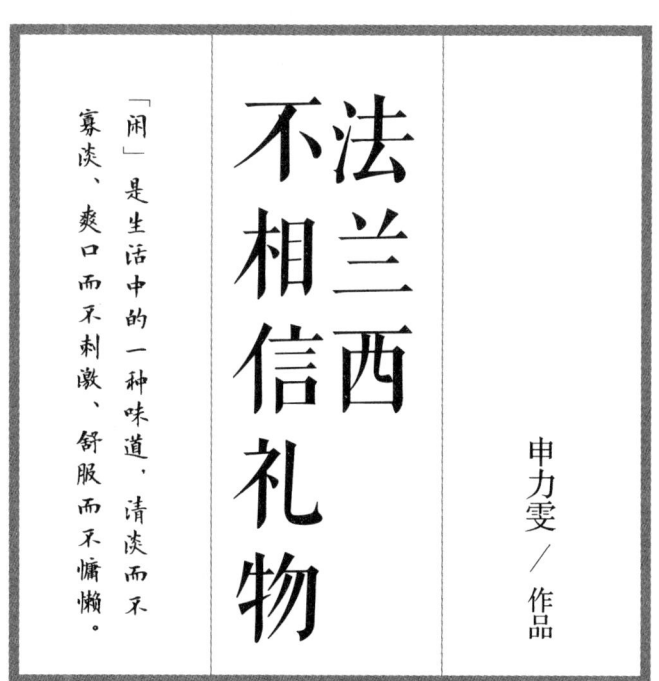

法兰西不相信礼物

「闲」是生活中的一种味道，清淡而不寡淡、爽口而不刺激、舒服而不慵懒。

申力雯 / 作品

当代世界出版社
THE CONTEMPORARY WORLD PRESS

图书在版编目（CIP）数据

法兰西不相信礼物 / 申力雯著. —北京：当代世界出版社，2017.3

ISBN 978-7-5090-1193-5

Ⅰ.①法… Ⅱ.①申… Ⅲ.①散文集—中国—当代 Ⅳ.①I267

中国版本图书馆CIP数据核字（2017）第042948号

书　　名：	法兰西不相信礼物
出版发行：	当代世界出版社
地　　址：	北京市复兴路4号（100860）
网　　址：	http://www.worldpress.org.cn
编务电话：	（010）83908456
发行电话：	（010）83908409
	（010）83908455
	（010）83908377
	（010）83908423（邮购）
	（010）83908410（传真）
经　　销：	全国新华书店
印　　刷：	北京天宇万达印刷有限公司
开　　本：	710毫米×1000毫米　1/16
印　　张：	13
字　　数：	183千字
版　　次：	2017年3月第1版
印　　次：	2017年3月第1次
书　　号：	ISBN 978-7-5090-1193-5
定　　价：	34.00元

如发现印装质量问题，请与承印厂联系调换。
版权所有，翻印必究；未经许可，不得转载！

代序一

万物静观皆自得

王开林

身处物欲至上的时代,要做一个不谙世事的局外闲人,实在是一件不小的难事。闲得住手头,闲得住舌头,也很难闲得住心头啊。你可以不为,可以不说,但你不可能不思。既然来到这个不完美的世界,又摊上破绽百出的人生,你还能不暗自惊心?

作家申力雯自称为"京城闲妇",她的解释为:"'闲妇'有一种自嘲的意味,其实是一种生存状态,特点就是一个'静'字。"静如一杯茶,这其中的禅趣必不可少。她说:"我最喜欢的生活方式就是一个人喝茶。我有一间干净的小茶室,屋子里有一扇稍大的窗子。窗外是一片绿荫和湖水,屋子里的风景不聒噪。茶桌上只按季节插花一朵,不是一束,纯白的一朵,绝不是色彩喧闹的一束。茶很淡,备茶的女人要清雅,眉宇间有浅笑淡怨。但是我没有'纤尘不染'的朋友,我只好自己与自己交朋友,我常常是一个人喝茶。'寒夜坐,幽人自务'。"这闲淡如云、清凉如冰的境地真不是庸男俗女可以向往而至的。然而,即便已是云阳居士,她也不想逃入禅关,虽隐于市中,对滚滚红尘里的百态人生也并未漠然视之。她处处着眼,事事萦怀,还能称自己是"闲妇"吗?她闲住了心机,闲住了事事处处揪心的计较,名与利奴役不到她,这就该是真闲了。

她的关注点其实是跳跃的,是分散的。

洒落于日常生活的方方面面,从着装、离婚、借钱、交友、谈心、听音乐到看病、触电（与媒体打交道）、下厨、逛街、旅游、评职称、煲电话粥……俗事一大堆，烟火气浓厚，清雅的闲妇偏要侃谈这些话题，而且兴兴头头。她的文字恰好是四十岁女人的文字，既不装娇扮媚，也不老气横秋，更无意涂抹性感的铅华。她喜欢并且善于营造一种朋友间聊天的气氛，心心相印，恰似一杯茶的感觉。

京城闲妇的笔调显然不是愤世嫉俗的，她更不是锋芒毕露的女权主义者，单从《博士帽敌不过女人味儿》这个题目即可见出端倪。她静观、倾听，感受世路的艰辛和人生的悲苦，自始至终都未举起大加挞伐的鞭子，对于他人——尤其是女性同胞的每一处伤口她都充满了同情。但她不愿以泪水为碘酊，而要用自己的思考作援救，莫非她想扮演哲人的角色吗？不，不，她恰恰要避开伤人又碍事的说教，消除那种无形的阻隔。她只想将一些硬道理换成软说法，让迷途的同胞听去不那么逆耳逆心："当你知道了'婚姻是生意'，你会抑制一下过分贪婪的欲望。当你觉得自己吃了亏，你会反思一下自己付出了多少，也为对方想一想他得到了什么，他快乐吗？当你觉得有运气嫁给查尔斯和克林顿时，你不妨想一想你离他们的圈子到底有多远，你是否患了灰姑娘妄想症。这时，人就会变得心平气和。婚姻是一种好的制度，女人在这制度里变得安静，男人会在这制度里变得老实。"她无疑是传统价值观念的细心维护者，巧用反躬自省的理念去亡羊补牢。很奇怪，她的琐碎，她的絮叨，她的自说自话，正是她书中讨好的地方。尽管没有多少听了就会令人浑身一激灵的高妙之论，但那种透漏于字里行间的关爱的神情和安抚的语气正是许多读者所喜欢的。

那些被物欲折腾得心力交瘁的人，她不加嘲弄，而多有怜悯。作为闲妇，她告诉世间忙人，可以不那么贪心，可以不那么滥情，可以不那么行色匆匆，可以不那么急功近利，反而能活得更本真更快乐。低调一些，再低调一些，生活就会好过得多了。这种"退一步、但求心安"的处世策略正是弱者的自救术。

在这个冷漠而荒旷的世界里，一本书的慰藉力很难高估，但那些在红尘中熙熙为名攘攘为利的人，受累受伤之余，翻一翻它，还是会有所触动，能获致一点救助的。何况作者就像是一位聪明而又热心的邻家大姐，容易取得你的信任。

冷眼向洋看世界

李 虹

申力雯把写作视为珍藏"我的精神我的灵魂"的一个"安静、美丽、有云、有水、有山的房子"。《京城闲妇》(散文、小说选粹集)确实夯实了自己的根基:对生命的体悟密切联结着国人时代的生存,对人生的剖析蘸满人性的关怀和怜悯。

申力雯很擅长以时下市场经济的流行话语来表述她的思考。青春的易逝、生命的短暂,强烈执着地纠缠在她的心中,她写极了青春凋零、生命迟暮的哀伤与无奈。在申力雯笔下,原本青春的特权是爱情,甚至是放肆和无耻。但由于环境、命运,由于青春对金钱等眼前享乐的欲壑难平,使青春往往错失真爱。青春如白驹过隙,一旦错失便是永失,人到中年时种种"补偿"的努力不但是徒劳,更是扭曲和深渊。即便曾经拥有平和、顺利乃至圆满的青春时代,独自咀嚼、吞咽年老的寂寞与无聊也是注定的、绵长的人生折磨。《京城闲妇》中的小说仅是寥寥数篇,申力雯写小说也着实不多,但真是篇篇力透纸背、刀光见血,寒风凛凛的风格乃是其作为职业医师的冷峻体现。申力雯痛感"女人的一生终究受年龄的左右",而往往以最终的宁静作为给予女人最后的抚慰,尽管其中散发着虽生犹死的气息。对男人她可就没有这么笔下留情了。申力雯给予男人的警示完全是触目惊心的,没有留下任何意义上的退路。因此,在申力雯这里,如果说还有退路可走的话,就只有随着年龄的增长而趋于无欲无求的平静，这就是尊严——人可以退守的生命的最后一道防线。为这种"迟暮之美"留下最后的位置，使申力雯的作品飘荡着挽歌的情调。

生命是一个消逝性的结构。透视着这样的生命远景，冷眼世相，无论曾经是怎样的不甘，"申力雯散文"的主旋律已是悲喜不乱、荣辱不惊的从容。亮丽飞扬的青春中潜伏的陷阱，风头正健的男女们危险的性爱、婚姻游戏，女人的痴愚，男人的贪婪，现代生存中种种热闹中的虚妄在申力雯笔下得到一一破解。申力雯的气定神闲远不是那种书卷气的闲适，而是一种以守为攻、以静制动的策略。其"管理生命""经营婚姻""营造爱情"种种，均是以退守生命的尊严实现对人生的关怀，对生命的热爱，于循循善诱的字里行间倡行世纪末生存的自我心理调适。申力雯的"闲"是一种理性化的人生姿态和生命行动，唾弃了一切小女子的风花雪月、搔首弄姿以及自伤自怜。

古语云："书犹药也，善读之可以医愚。"

申力雯以女人、医师、作家的身份言说，《京城闲妇》是良药苦口。

京城闲妇·申力雯文集　法兰西不相信礼物

目 录
CONTENTS

眺望婚姻	1
经营婚姻	3
危险的年龄	6
女人四十岁	9
女人你输不起	12
男人不是女人的彩票	16
闲聊「傍大款」	19
博士帽敌不过女人味儿	22
平淡	24
妻子与情人	26
抛弃爱情会怎样	28
破译男人	30
找回丢失的自我	38
爱情试纸	43
花丈夫的钱 要情人的礼	46
「第一夫人」情结	48
男女四十有别	51
恋爱中的四十八岁女人	52
爱情物语	55
过期的爱情	56
婚姻的年龄	57
婚姻的底牌	58
心灵的探险	61
生命的管理	62
经营生命	64
好好活着	67
男人漏掉春天的断想	69
九月的家长	72
压抑与释放	74
零的人生	77
春风中的黄昏	78
遗嘱是死亡的背景音乐	80

目录

万物最终必成空	84
"酷！"松糕鞋	87
红色罚款单	89
我在美国求学求职	91
一个男人与两个女人在柏林	94
朋友借钱	97
交友距离	99
女性包装	102
医生手记	105
恋母情结的转移	108
职称断想	110
电视时代的异类感觉	112
电话琐记	114
人与服饰	117
"围城"是老宣的家当	119
长不成大树	120
谈明星出书	122
看病的感受	124
闲话触电	127
现代人养生之道	129
聚会变奏曲	131
医生的悄悄话	134
儿童性别包装浅谈	137
拜拜贺卡	139
没有家规的断想	141
劝穷	143
患者	145
心理平衡	148
开卡迪拉克的男人	150
送礼与吃请	151
富人与穷人	153
闲话医疗红包	156

法兰西不相信礼物	159
缺什么想什么	163
名　人	164
和媒体亲密接触的男人	167
青春的食客	170
我看张艺谋热	173
办公室里的故事	175
探望病人的艺术	177
女人的两个穴位	181
粉领女人	183
谁来买单	185
当不当全职妈妈	188
感谢《文学与社会》	190
闲话「鲁豫有约」	192

眺望婚姻

恋爱的日子很甜美很潇洒，但我却时时想到结婚。婚姻的一纸证书，沉甸甸的，这是一种对生命的承诺，一种彼此的专利。一想到结婚我的心跳就加快，那不仅仅有兴奋，有庄严的快乐，还有一种隐隐的害怕。恋爱的日子是一种可进可退，可把握可展望的生活，一切都在不确定中，不确定的感觉如同法国香槟酒里加上冰块。我好像生活在悠悠的云里，虽然有些飘逸的快乐，却也有一种不踏实的感觉。

面对一些失败的婚姻，我常常思索：婚姻的磨合是艰巨和痛苦的，因为两个完全没有血缘关系的独立个体，组成一个联合体，这其中意味着有许多牺牲，包括个性与宁静，也就是说要经过相当长时间的调适与整合。我想，与其在婚后做这种艰苦的工程，不如把恋爱的河流加深、加长、加宽。如果你想把一切梦想都留给婚后，那确实需要一点运气和胆量，而我却不敢如此赌博，只能谨慎地在恋爱的河流中荡漾。在恋爱的天空下，我们彼此探寻心灵的空间：它的长度、宽度、深度。我尤其关注心里的深度，它即是心灵的感觉和体验的能力。爱是一种能力——感受别人的爱和被别人爱的能力。当我们心灵的空间彼此交融成一片蓝天，那时我就会笃定地披上圣洁的婚纱。我不愿匆匆堕入情网，然后又怀疑自己是否在真正恋爱。在世人看来，婚姻有许多现实的筹码和实用的价值，可我即使有了房子、车子、存款这些足够使我能一个人自由自在生活的东西，我仍然需要一个家，一个爱我的他。

当我打量我们身边许多景色和许多人，譬如这个灯红酒绿的城市，各种被包装了的男人和女人，也很少能使我眼前一亮，我感到的只是一种娇情，一种做作。在这消费的时代，真正的激情已变得很孱弱。我也经常附庸风雅地去小剧场看看《想变成猫的人》，去地下室感受摇滚的震撼，但它们却如此的疲软，很难再真正振奋我的心灵，我只想有一个真正的家，有一个包容我的他。在平淡的日子里我们平淡地生活，却能感到太平盛世的安详，有我红袖添香，有他默默耕耘。在闲暇的日子里，我们用地道的中国茶具沏上一壶绿茶，在熙熙攘攘的红尘中营造我们家庭的世外桃源，在宁静的氛围里，细细品茗，品出茶文化的精髓——和、散、清、寂。我依偎着他读张爱玲的散文。张爱玲的语言轻灵得让人无法企及。读张爱玲的书还要把房间打扫得一尘不染，窗帘半掩着，窗外还要有点小风，有些阳光，背景音乐是一曲精致的古筝曲。看一阵书，出一阵神，我们对眸一笑。

　　恋爱的日子我们相爱，我们牵挂，我熟悉他犹如熟悉自己，但愿我们结婚的日子依然牵挂，依然相爱，但愿我们婚后的日子永远美丽。

经营婚姻

婚姻问题的复杂绝不亚于一个国际问题。

恋爱与婚姻有着本质的差别，恋爱是一种随意性的感情交流，既无权利，也无义务，不具有社会属性。而婚姻是一种契约，即是一种彼此需要承担责任与义务的约束。

婚姻如同一个男人与一个女人共同创办的一家公司，他（她）们面对的不仅是自家，还有社会。这其中任何一种与配偶有关的社会关系，对方都不可轻视，不可任性。只有树立良好的社会形象和妥善的内部管理，公司的生意才能兴旺发达。

婚姻的核心当然是爱情，但家庭毕竟是实体结构，需要很强的实际能力和生存技巧。尤其在今天的社会，它还需要许多条件维系与巩固，否则它经不起任何一种"自然灾害"的侵扰。仅仅靠浪漫与情趣，支撑不起它沉重的躯体。

我之所以强调婚姻的经营，是因为有些朋友总以为婚姻是一盘固定的牌局，以为婚姻使他（她）们彼此拥有了对方，有了稳定安全的一生，不再需要悉心地经营了。

试想，两个完全没有血缘关系的独立个体，或偶然邂逅，或经人介绍，分别来自天南地北组成了一个联合体，既然他（她）们的组合有一定的偶然性，当然也会因偶然的因素而分开，怎么可能是铁板一块？婚姻是一件不断变化，也是一件时时需要我们去认真经营的事情。

婚姻像是一个不兴隆的生意，初期，恋人感强，幻想冲力大；中期，疲倦平淡，容易出轨；晚期，伴侣感强。由于生命力的衰弱，他们更懂得相互依存的意义。

婚姻也像一个不很健康的躯体，在婚姻的心电图中有时会显示心律失常或心肌缺血，所以我们要针对性地服药和调补以维持它的生命。

爱情是个很特殊纯属于感受的东西，所以很微妙。婚姻使爱情的时间和空间都延长了，但它的纯度新鲜感是否能随着岁月的流逝而保鲜保纯呢？那就很难说清了。但是有一点是肯定的，他们曾经拥有过很纯很鲜很美的感受，这足以使人欣慰了。至于剩下的时间则是一种依赖、习惯、熟悉、敷衍、无奈和理解。其实这正是一种成熟稳定的状态。

现代人，尤其是女性中的一部分人总想在婚姻中获得最大的利益，最实惠的好处：戴安娜嫁给查尔斯王子而令世界瞩目，这足以令她们心悸、潮红；平凡又结过两次婚的不年轻不美丽的辛普森嫁给了温莎公爵，这足以使一些未婚的已婚的女人于心鼻尖都冒出了汗，她们内心疾呼着："干得好不如嫁得好"，梦想登上婚姻的阶梯冲上云霄。事实上，他们却不知世界上最大的赌博亦是婚姻。这婚姻究竟是福是祸？是优是汰？是盈是亏？只有熬到最后才能揭开牌底之谜，这其中的是是非非、恩恩怨怨、穷穷富富、苦熬苦盼都不过是一个扑朔迷离的过程。

所以婚姻最需要的是以一份平常心去经营，它尤其需要沉着与耐力。

在婚姻生活中要学会扮演母亲（或父亲）、妻子（或丈夫）、情人等混合角色。该澄清时澄清，该混合时混合。求新求异是人的特点，婚姻像生命一样渴望朝气。婚姻不仅是感情，亦是艺术与技巧。

婚姻生活中最重要的是培养独立性，同时又尊重对方的独立性。注意保持心理距离，有冲突时，不要太执着，能从心理上不去在意，能够不动情绪的去应酬一些麻烦和干扰。本来嘛，原本是两个不相关的人走到一起，怎么可能一味强求一致呢？！强求是一种剥夺，一种侵略，也是一种自残。

注意保持自己，有时需要把自己封闭在孑然一身的世界里去修复去还原，这才是明智与强大。那些无时无刻渴望与他人进行感情交流，否则就心慌意乱的人，不仅幼稚、脆弱，而且是失败。

要用独立宽容的态度去对待婚姻，这或许是一种明智的选择，也是一种有效的经营。

1996.4

危险的年龄

我很喜欢收听"文化沙龙"这个节目，沙龙里经常来一些中青年朋友，他们谈人生，有激情，有生活感受。

有一天沙龙里来了一位上了些年岁的人，当主持人按照惯例请他作自我介绍时，他本应像所有的中青年朋友一样，说明他来自哪儿，是干什么的，就可以了。然而这位老者却不，在这有限的广播时段里，他滔滔不绝地不厌其烦地讲述着他的业绩。主持人显然着急了，他几次将老者的话题引向主题，但这位老者总是固执地偏离主航道，时间很是紧急，最后主持人无奈放了一段音乐，那音乐激昂中有些愤怒，好不容易冲断了他任性的话流，航船才转危为安。

我听到此，脸一阵阵发热，我在想，当我老的时候也会这样不识趣，不自爱吗？但愿不。

女人四十岁是危险的年龄，而男人五十岁甚至六十岁仍在危险中，不同的是女人的危险在于自虐，而男人的危险是变形和侵略。

古人云"四十而不惑""五十而知天命""七十随心所欲，而不逾矩""六十乃花甲之年"这是生命的规律。为何现代人"四十而感""五十而不知天命""七十随心所欲，而逾矩""六十还是小弟弟"？我想大概可能有两个原因：

一是，不懂得生命的规律。一个娴熟的球手虽无心于球规而自合于球规。球手好像纵横球场，但却处处循规蹈矩。

二是，以往生命岁月的颠倒错乱，空白贫乏，导致了中老年躁动的补偿心理，这似乎有些可以理解的社会原因，但可以理解并不等于可以赞美。

人的生命是偶然而匆忙的瞬间，正因为生命的有限，所以特别值得珍重。少年的浪漫，中年的理智，老年的明达安详构成了生命的基调，任何一个不和谐的音符都会破坏生命的完整与庄严。中老年人尤其是男性，得体地活着比平凡地活着显得更加重要。

我之所以说五六十岁是一些男人危险的年龄是因为他们此时对名利、风头有着最后的攫取的疯狂与贪婪。尤其对于女色时常会露出一些丑态。他们有时往往把权力和金钱当成男人的春药。他们常常还犯迷糊，死活非认定有个小美人真真地爱上了他。试想这个小美人如果不是别有用心，怎么会爱上鸡皮鹤顶的、拖妻带子的你？小美人的献身是按照市场价格仔细运作的。而你却不愿承认这个事实，宁可用欺骗来夸大自己的魅力。另外，家中与你同甘共苦几十年的妻已人老珠黄，于是不安分的你望着花花绿绿迷你裙下的大腿想入非非，眼巴巴望着、想着野山坡上啃着嫩草的老牛，其实这草早已被毒虫咬得遍体鳞伤，并弥漫着致病的瘟疫。

在这枯黄的晚秋时节，你总是火烧火燎地想玩一把婚外恋的游戏，似乎不这样就枉活了此生。高血压已使你头昏脑涨，你身上揣着心脏起搏器，兜里装着速效救心丸，周身的血脉不十分通畅，事实上你的一只脚已踏进坟里，但你却不能自怜自爱。也许你未曾进入过爱情学校，事实上，恋爱在中年以前就该毕业。无论婚否，如果你不曾得到"恋爱毕业证书"，那你便会在冬季里做春天的痴梦，如同八十岁的老人想学少年人荡秋千。荡秋千虽不错，但要合时宜。

人生本来就是一门艺术，每个人的生命史就是他自己的作品，但愿在这生命的特区，能冷静地把她雕成一件成形的东西。

窗外已是瑟瑟秋风，不远处严冬的脚步正踏着深深的积雪走来，像所有的过来人一样，你们曾被梦想、金钱、欲望、爱情、成功与失败驱使得死去活来，而现在一切都已或将成为过去，你应躲开追逐、奔波而选择静心养性的生活,这是最适合你的活法,你要小心翼翼地呵护着自己的心,它已不堪一击。在老人的花园里,应该盛开的是安详的高贵之花。老人的智慧是含着微笑的平静与宽容。

人已经老了,生命的列车已接近到终点,生命中许多东西都已消耗得所剩无几。尊严,唯有尊严老人可以固守,这是生命赐予你的最珍贵的财富。足够的尊严与高贵可以和青春抗衡,请不要让尊严也被岁月蚕食。

如果中老年人为了表示不落伍,盲目地处处模仿着青年的时尚,那就是可怜的失败。但愿能做一个体体面面、明明白白的老人,让生命在安详与智慧中升华。

1997.1

女人四十岁

正午的钟声一敲响，女人便在匆忙无奈甚至恐惧中坠入人生的下午——四十岁！

人们常常喜欢用朝霞和春天来形容少年和青年，而用秋天和冬天比喻中年和老年，这确实表达了一个心理的甚至生理的事实。

在女人的一生中有两次八级心理地震。一次是月经初潮，另一次是绝经。前者象征着一个真正女性生活的开始，后者则意味着女性某种重要生活的结束，尽管这纯属生理意义，但女人的生活情绪在很大程度上受生理命运的左右，这是不容忽视的事实。

性的要求与吸引，生育能力的旺盛与枯竭，在家庭社交及在女人自己的心目中甚至在女人的世界里，都曾给予了她们生存的快乐。而现在，她们在完全缺乏准备的情况下步入人生的下午，更糟糕的是她们还带着一个虚假的幻想——用早晨的生活程序来设计她下午的人生，却不知早晨的真理到了下午就变成谎言，上午的光明到了下午就变成昏暗。

我在医生诊务及创作活动中太多次地窥见了她们心灵的奥秘，遗憾的是她们却不知道这一基本的真理。我在各种笔会、研讨会、茶话会、舞会及与异性的交往中，接触了许多四十岁左右的女性，她们似乎都想要顽强地成为一个中心。可以看到、听到她们独霸言场喋喋不休的高声尖语，扬起一波又一波带着颤动的笑声，重复着少女特有的任性，青春般的撒娇，服装表演般展示着一套又一套新潮服装，设置着一个又一个罗曼蒂克。还有一个事实不容忽视，那就是对年轻女性固执的排斥和绝不宽容的挑剔,在这里为我们展现了一幅又一幅人与自然抗争的无奈与悲哀的全景图。

生命就是一个过程,就像大自然有春夏秋冬一样从容,一样简单,一样自然。每一个季节都有自己美丽的内涵:春的绿叶与生机,夏的鲜花与灿烂,秋的红叶与成熟,冬的白雪与深沉。重要的是把握住每一个季节好的日子。请不要在冬天里做春天的事,在秋天里唱春天的歌,萤火虫只在夏夜里闪光,白雪不会覆盖在月季花上。

许多人情绪认知,情感发生了季节的错位,于是生活便变得混乱尴尬甚至悲哀。

火车载着轰鸣驶向车站,每一站都有自己的位置,每一站都有自己的特点。人生的历程有时就像火车运行的轨道。没有人会永远站在站台上,有人上车有人下车,人生就是这样交替着挥手远去了。

一个明智的女人在四十岁左右的时候,要有远见地做好退隐的准备。我常常把女人比作演员,我奉劝你不要在四十岁的时候还跑到前台当什么花瓶,你应该做一些实实在在的幕后工作。女人愈是对丈夫孩子或其他人期望过多,或者年轻时曾以容貌为资本,而身无一技之长,那么她以后的日子将十分艰难,甚至要持续到坟墓。

从另一个层面说,四十岁是女人的黄金时代,这完全取决于她是否懂得人生的艺术。生活的艺术是一切艺术中最杰出最尖端的艺术。如果她曾端起过满满的生活的酒杯,里面漾着一层又一层各色的醇酒,她畅快地品味着酒的各种滋味,在她生活过的季节里没有空白,那么她以后的日子就没有遗憾,没有躁动也没有骚乱。这时,她会将生命猛然地拓展开来,燃烧起新的热情,或将事业推向辉煌,或者重新开始学习一种实在的技能。

她曾经拥有过爱与失望,曾有过青春与灿烂,她经历过忠诚与欺骗,她体验过男人且懂得他,她能看清万花筒里的把戏,也看清了云雾消散后的黄山。她用生命体味过真情的宝贵,所以她懂得珍重和执着,她明白在一切感情中最容易变化的是男女之情，所以她懂得洒脱与玩世。家庭即使是最平淡的，但它是真实的；婚外情即使是最绚丽的，可它是缥缈的。她会在现实与缥缈的两极中调整出一个最妥帖的角度。她不再和自己较劲，也不为小事纠缠，她明白，天下事了犹未了，何妨不了了之。四十岁的女人是明澈的，岁月虽然在她脸上抹上细细的皱纹，但生活的历练给了她成熟的风韵，她的叹息是美丽的，她的眼睛充满了智慧与深沉，踏过荆棘的她懂得生命的圆熟，不像青春时那样尖锐得扎手，她内涵的美有种神秘的诱惑，她懂得美的底蕴，不让人感到甜得发腻。

　　四十岁以前的女人总是吃力地把镜头拉向自己，而四十岁以后的她却把镜头对向世界。她懂得随遇而安地欣赏社会人生的形形色色，她懂得宽容是美、是文化、是艺术，她把人生当作艺术来享受，她悟得宁静与安详是生命最好的馈赠，她知道生命的短暂与宝贵和无奈。不再亟亟于虚荣与华贵，但求内心的丰赡和适意。

1993.5

女人你输不起

一时间各种报纸、广播、杂志把婚外情炒得沸沸扬扬,有的地方甚至成立了第三者协会。婚外情行情看涨,婚外情热线电话炙手可热,人们在把经济搞活的同时,也想把感情搞"活",并大步流星地走向市场。

任何一种游戏都有自己的规则,犯规就要受到惩罚,这是天经地义的道理。何谓婚外恋的规则呢?说白了就三个字——不认真。既然已限定为婚外的情、业余的爱,你就只能是外围的游击队。如果你执着起来一定要成为正规军,那么这场轻喜剧就瞬间变换了剧种,它变成了正剧或悲剧,轻者妻(夫)离子散,重则血光之灾。

究竟情为何物?记得有年春天,我在乡间度假,在朝阳下看见了一片一片红得像玫瑰一样的草莓,红得晶莹、剔透,衬着嫩绿嫩绿的叶子,一时间我感动得直想哭。我采了一小花篮,把它浸泡在清冽的泉水里,上面盖了一层绿绿的叶子,想次日返京时把它带走,谁知第二天它竟干缩了,它已失去了晶莹饱满和美丽的色彩,我觉得很失望,这就是一种感。

情最喜欢捕捉的是新鲜,"新鲜"对情有一种魔鬼般的诱惑。无论是涉世未深的少女,或是以为自己很独立的职业女性,一旦陷入情网,远远超过她们所能承受的能力。但,情是很容易幻灭的,遗憾的是,世人很难看破,不过这样的感,一结婚就如梦方醒,于是又去追求新鲜的梦、带着露珠的梦。但梦只能是梦。

女人(有些)最容易在三四十岁时,在婚外有艳事,她们婚姻生活的疲倦，心灵和情感有向外延伸的渴望，否则终日烦躁苦闷。

至于男人（有些）终生都喜欢追逐猎物，尤其是五六十岁的男人（有些）追逐起来最凶猛，总想抓住一点青春的尾巴，急于寻求婚外生活的调剂来补充滋润。

但是，你却不能在阳光下与他谈情欢愉，只能躲在旅馆，躲在阴影里，你的心会逐日沉重，你的情绪也会逐日低落，因为只有在阳光下的恋爱才健康才有生命力。

婚外情是一种没有责任的爱，没有责任也就没有保障，你每天的日子如同走在钢丝上。

陷入婚外情的女人，不外乎有两种，一种是未婚的，另一种是已婚的。无论是前者还是后者，稍不小心都将是婚外情最大的受害者。

无论男人如何标榜自己思想开放、做派新潮，若开放到自己太太身上，那是万万不行的。如果你是未婚的女人，他不能给你任何许诺、保证，拖下去你年龄增大，人老珠黄被遗弃了，绝不是明智的选择。

外遇的新鲜、激情，会随着时间逐渐归于平淡，浪漫曲开始走向低潮，进入与自身婚姻相似的情况，男女双方重新开始面对同样疲倦的问题。

若你是一位未婚女子，想就此分手，另觅新人，实属不易。男人永远在乎女人的过去，中国男人（有些）可以宽容女人的一切，包括丑陋、衰老、疾病甚至残疾，但他绝对计较女人的失贞。男人的感情从来都是多元的，他精心挑选的是一个原装的保鲜的太太，一旦他知道你做过某人的情妇，名誉受损，必将捂着鼻子拂袖而去。即使他一时冲动答应了你，在婚后无数的磕磕碰碰的日子里，他会时不时拿起这个大棒向你抡去，你自觉闷得抬不起头来，苦不堪言。

如果你是一个有家室的女人，你付出的代价将会更加惨重——家庭的解体，子女的分离（暂不谈经济、住房的麻烦），如果你很看重你的家庭，爱你的孩子，必须立刻斩断，不可犹豫一分一秒。即使在当今的中国社会里，婚姻对男女两性采取双重的价值取向，男子"浪子回头金不换"，女人"一失足成千古恨"。

中国男人（有些）是实用主义的大师，他们的务实就在于他们总是分裂自己的感情和婚姻。在婚姻中他们希望确立的是地位、名誉、财产、房屋、子女这些实实在在安身立命的东西，而感情对于他们则属于一种消费、一种享受、一种补充。他们的道德价值观是分裂的，他们的人格也是分裂的。

女人要自珍自重自爱，你是输不起的。你娇娇弱弱的身子，被他们这么一扔，轻则骨折受伤，重则散架瘫痪（暂不谈受孕的危险和性病的传播）。

受害者一定要努力使自己从困境中站起来，这是最有效的。

女人最大的弱点就是贪，总想什么都要，其实那是不可能的。你只能要一件东西，一定要明确自己要什么？明确了就要勇于割舍，勇于割舍是健康人格的重要标志。

情易感人，情是五颜六色的彩霞？抑或是缥缈柔媚的浮云：情之为物？知者难言，不知者默然。

无论是流水、明霞，还是春花、秋月，都无法在这世间久留，包括我们的生命都是瞬间。如果能看透这一层道理，生命中就没有什么事能真正伤害你，让你迷惑了。

情人的眼睛像蒙上了一层雾，女人尤易钟情、执着，常常把梦中的情人看成是生命的一部分。

有一个款爷，他知道自己得了绝症，他对后事作了精心的安排。他把自己的钱财百分之百地留给了妻儿，而与他相好十年的情人，他只给了一片树叶。在医院的病床上，款爷拉着情人的手说："我第一次看见你，这片树叶就落在你头发上了，我悄悄拾起，一直珍藏着……"

这话乍听起来不失真情，不失雅兴，不失诗意，但凡事最怕究竟，他真是内外有别的典范，一片树叶确实很浪漫，但遗憾的是，他们之间并不是浪漫的柏拉图式的关系，况且这位痴情女人的健康、学习、生活需要她从事两份工作才能维持经济的需要。说到根上,他对她没动真的,只把她当作身外的情妇而已。他对她是计较的,尤其在金钱上没有一个男人是傻瓜,至于你给他的情与欢愉,他已经在计算器上仔细算过了。可你的情,你的青春,你的生命是无法偿还的。

婚外情最适宜的只有一种人,那就是彻头彻尾从里到外的"演员",不认真,不动情,该入戏时入戏,该出戏时出戏,只求双方彼此欢愉的瞬间,缘来则聚,缘走则散。留一半清醒留一半醉,潇潇洒洒,好不自在。一派灵活机动的游击战术,这也不是一半传统一半现代的女性所能具备的。

情这个东西,认真起来太苦,玩世则无味。世界除了情,海阔天空,还有许多事情值得你珍惜,值得你创造,何不把爱寄托在更博大的世界里,又何苦在这死水坑里乱扑腾呢!

1994.4

男人不是女人的彩票

当我还是一个小女孩的时候,常常被胡同里一个好看的女人吸引。她经常拎着一个竹编的菜篮子,不紧不慢地走着,颇有一种与一般女人不同的神韵。她住的宅院有个小红门,每当我背着书包路过这里时,总是好奇地想,小红门里的女人过的是一种什么生活呢?于是我上学放学时,常常踮着脚尖按响小红门的门铃,等听到里面的脚步声便撒腿跑了。有一次我刚踮起脚尖,就从后面传来了一个女人的声音:"找我吗?进来吧。"我终于看见了小红门里的世界了。院子很大,有凉亭有鱼池,她请我坐在葡萄架下,还给了我两块水果糖,我剥下糖纸把它吹跑了,绿色的糖像碎玻璃片一样在我嘴里"哗哗"地响。她笑着说:"你是个秀气的女孩,应该文文静静。女人与女人的区别就是嫁了皇帝当皇后,嫁了卖豆腐的就是卖豆腐的老婆……"我当时还不懂皇后与卖豆腐的老婆有什么不同,只是好奇地看着她细细的眉毛一扬一扬的,好像也会说话。后来听胡同里的人说,她正在寡居,丈夫是个有钱的烟草商,比她年长许多。"文革"时,红卫兵命令她打扫这条胡同,我远远望着她,向她招了招手,她看见我便把头低下了。不久她就死去了。

随着岁月的流逝,许多事情都忘却了,但每当我在书摊闲逛时,每每看到一本本书名为《我与×××》《我与×××》……的书,我眼前马上闪现那个小红门里的女人。事情竟这样惊人的相似:"我"大多是不知名的女人,"×××"大多是有头有脸的男人。如果这个女人有幸嫁过三个有头脸的男人,便会写上:"我与×××我与×××我与×××",真是两手都去抓,抓得还不够，再加一巴掌。如果这书写得很煽情，很离奇兴许就畅销，于是这女人便出了名，升了值。男人生前——她消费他的物质，男人死后——她消费他的名字，她终生都在消费他，消费得很奢侈、很彻底。当然如果这些书确实有历史和文化的价值又该另当别论了。遗憾的是我看到更多的是商业化的运作和虚荣心的膨胀。

在生活中我常常注意到这样一种怪现象：男人成功的时候走在前面的首先是女人，她们一脸神气，满脸骄傲，真可谓男人的一半是女人。可女人成功的时候，男人却躲得远远的，如果有人说："这是×××的丈夫。"那男人便会满脸羞红，而且从此绝不跟这个女人一起出行。他会觉得这是一种难堪，甚至是屈辱，虽然男人的一半是女人，可女人的一半不是男人。每当这时，我便会对男人产生一种深深的敬意和同情——社会、家庭，甚至他们自己都要求男人扮演强者的角色，扮演供给他人的角色！注定男人终生要背负着沉重的劳役。男人成功靠自己，女人（有些）成功用男人。

在对待婚姻上，男人（有些）要比女人（有些）简单得多，男人（有些）只想找一个适合做他老婆的女人，而女人（有些）婚姻的算盘打得精精当当。她们想抓住婚姻这张彩票，脱贫、致富、穿草鞋的变穿皮鞋的、乡下人变城里人、中国人变外国人……她们在婚姻的生意场上，是勇敢的赌徒，她们采取了大胆的极端的手段，力求"大变活人"，改变身份。也许她们表面看起来很现代，很时髦，很英勇，但骨子里却是真正的懦弱，总弥漫着彻底的依赖男人，附庸男人的封建色彩，这两者的反差不仅滑稽而且悲哀。

更令人痛心的，她们无情地抛弃了真情，爱情在她们的运作中，已被鞭打得鲜血淋淋。人的生命是有限的，爱情的欢乐是人类情感的极致，他们无情地挤压排斥着真情，使爱情成为一件稀有的古董，这是对生命的斫伤和轻视，生命已被轻视，耳环、项链又有何意义？生命田园中所蕴含的丰美和厚重已被她们扫荡得一片荒凉，她们真是穷得只剩下钱了。更可悲的是，她们并不想通过自己的劳动去获得财富，而是要死死抓住男人这张彩票，这是对自身极度的不信任和轻视，事实上她已沦为一颗上不着天、下不着地的浮动的尘埃。生命只有在独立中才有喜悦和活力，任何依赖他人的幻想，不仅靠不住而且是危险的，只有彻底摆脱依赖，建立自己，生活才坚实充盈。

女人只有平等自信地与男人共建家园，才是幸福快乐的保证。只有真正的爱情才是支撑幸福家庭的脊梁。

男人不是女人的彩票。

1997.3

闲聊"傍大款"

也许，这是一个不生产爱情的时代。但婚外恋已成为我们生活的一道景观。它像摊儿上的各种流行小报、各种花色草帽，随手可得，堪称是一种趋势，一种品牌。

傍大款，是一种炙手可热、有时代特色的婚外恋，至于其他类型的婚外情，也请你们少安毋躁。

究竟是什么导致婚外恋疾病的流行呢？或许是人天性的劣根，人如果不能走向文明与进步，就会像动物一样，有喜欢杂交的天性；或许是长期平淡的家庭生活很乏味，幻想新鲜与刺激；或许是社会的转轨，生存竞争剧烈，人际关系变得疏淡又紧张，物价的上涨、空间的狭小，让人心里产生对生活对未来一种把握不住的情绪；或许是人文环境的污染、拜金主义的泛滥，各种媒体的误导使人们产生了"潇洒走一回""过把瘾就死"的亡命玩世心态："不要白不要，不玩白不玩"等等。

男人的婚外恋有其历史传统的渊源。在过去的社会里由于女性没有谋生手段，男性的外遇要付出极实惠的代价，即金钱与名分。尽管名分难听一些，如姨太太、妾、做小，但毕竟是公开的，而现在大款们的情人则统称为"傍肩""小蜜""小三"这种新潮的称谓。情人族对金钱物质的渴求或依靠有权势的大腕权力的庇护而达到自己的目的，实际上大款已沦为小秘们发财致富、出国镀金的工具。他们之间实为一笔交易，充分展示了感情中市场经济的内涵。我认为凡是以功利目的为基础的性关系，统统可称为卖淫。款爷们在这场看似浪漫的感情游戏里，究竟扮演了什么角色呢？如果你们的理性被唤醒，你会极为智慧地发现你们的沉重与悲哀。

出轨的男人对女性经常采用一种观光、游览、品玩的态度，你们既醉心江南的秀美又神往西北的野性，既喜欢宜兴的泥壶又贪恋景德镇的细瓷杯。你们就是这样从一个景点游乐到另一个景点，把玩着一个工艺品到另一个工艺品。在匆忙的流动中，在饱餐秀色疲倦之后，你们便回到了家，在妻子的关爱和子女的欢笑中享受着天伦之乐。你就像一只胖胖的大花猫懒懒地趴在自家开着水仙花的窗台上，眯着眼睛享受着灿烂的阳光。

喜欢冒险与惊奇是男人的天性，生活是一个变幻无常的魔术师，一旦东窗事发一大串烂摊子都要你去收拾。在这里我暂不一一地抖搂它，仅仅把一把小蜜的脉搏——我触到了她跳动的心：要维持一个情人绝对需要一笔额外的开销，本来嘛，小秘们就是奔钱来的，哪肯一日三餐喝白菜汤吃炸酱面；与情人相处和与妻子相处压根儿就是两股劲，妻子是不动产，情人是流动产。如果你们没有安稳的居所，她会要你买房子，房契上一定要写上她的名字。她接过房契温柔一笑甜甜地拥在你的怀里，热烈地亲吻你，然后便草草地把房契锁进了她的保险柜，你的心会"咯噔"一下："她是爱我，还是爱我的金钱？"话再说回来，这笔巨大的开销从哪里来？即使你是大款即使甩得出也得吐一口鲜血，男人在感情上有时冲动，但在金钱上却绝对的理智。肥水不流外人田嘛，为了补回损失，你会想出各种邪门歪道拼命捞钱，如果你有权势，你会利用职权挪用公款，然后再悄悄把账抹平。这就为你今后的日子埋下了祸根，当你变成了一个没钱没势的穷光蛋时，恐怕没有一个小蜜会沾你的边。说来也怪，小蜜的心是那么奇怪，一见你锒铛入狱，小蜜果真手里攥着你一大笔钱，她会去狱中探望一次（仅一次），她拎着一个篮子，里面装了一瓶五粮液、一条红塔山、一只烧鸡，还有一塑料袋山里红，然后便永远地与你拜拜了。她没有负疚没有悔恨，因为她的声音是："我付出了，我该得！"甚至当你的妻子为你四处奔走到处借钱时，小蜜的心会有一些隐秘的安静的快乐，这时，她的心已完全平衡了。

　　既然她们的名字叫傍肩、小蜜，她们的性行为就是随意开放的。近年来由于性观念的异化，性病的发病率呈上升趋势。凡属不规范的性行为均属于高危人群，你可能把性病传染给你的妻子，如果你的妻子也有情人……这样性病就可怕地蔓延开了，你用金钱买回的是性病和患性病的恐慌症。

　　在女性心理的深层温柔与榨取是共存的，尤其是在你们这种供养与被供养的关系里，既没有法律的保障又没有时间的确定性，她愈发意识到自己不过是一件有花边的衫裙，她内心缺乏稳定感和安全感，于是她榨取的欲望会愈加强烈。凡是甘心做大款情人的女人，大半是内心阴暗既懦弱又强悍的人，当她发现你不再对她有新鲜感，或觉察出你想一走了事的时候，她的心理会变得非常残酷，令人恐怖，她会拿出枕边得来的全部秘密武器去毁乱你的事业……

　　脉已把完，处方是：

　　款爷、小蜜族，这笔生意的较量是残酷的，悠着点儿吧！

1995.12

博士帽敌不过女人味儿

我曾为一位白领（硕士生）当过一次红娘，她已三十有八。虽然她已错过了橄榄球时代（一大堆人追一个球），又滑过了篮球时代（几个人追一个球），无奈之中已坠入乒乓球时代（两个人相互推敲），然而正是因为现在她所拥有的学历、职位、住房等这些东西把她架了起来，反倒形成了她选择丈夫的一种障碍。她含着泪一字一句地说："我这个家的一砖一瓦都是我用血汗赚来的，凭什么他一进屋就享受现成的？就他那两间小平房我还住不惯呢！他到我这里住，我心里又不平衡……"我介绍的男士是个本科生，与她同龄，是个有两间平房的公务员。尽管女硕士已届不惑之年，但对人生的有些问题还是拎不清。高学历及一切能表明她身份的东西，令她难以释怀。

我还知道一位残疾的女大专生，她与一个工人结了婚。但婚后的日子，女方总觉得委屈。我觉得她换一种角度去想也许心里会平衡一些：一个残疾人生活中的许多不便是需要健全人去帮助的，当然对方知识的不足她也可以帮助提高，这是一种互补型的婚姻模式，只要调整好心态，婚姻的前景是不错的。如果女方执意以学历的优越来膨胀自己，那痛苦的只能是自己，婚姻的前景也不会乐观。

婚姻毕竟是双方的事，不少高学历的女性总是在婚姻的天平上加重学历的砝码，而忽视了男性的心理需求。女性的柔媚是最能打动男人的。恋爱如同吹来的种子是自生自长的，并非靠理论就能说清。可生活中读书愈多、学历愈高、心性愈强的女性，对人对事往往会有一种俯瞰的架势，这种居高临下的心态如果带到两人世界，男性会有一种挤压感和被威逼感。它也会像一颗石子，把女性柔媚温婉的韵致打磨得粗粝。

其实婚姻的原理很简单，男人需要一个女人，女人需要一个男人；女人的美点是柔媚，男人的美点是刚勇，刚勇的女人和柔媚的男人是反自然的。所谓柔媚即是女人味儿，世间万事万物平衡的法则是缺什么补什么，这才是和谐。如高山要流水，树木要临风，风景才美丽。

男人往往是家庭、社会的主要承担者，他们在外拼搏、劳碌犹如上战场，推开家门，他们希望迎接他的是花的芳香、燕子的呢喃等万种风情，即使妻子对丈夫有些嗔怪，他也会用润物细无声的方式化解。柔媚是男人终生的渴望、终生的依恋、终生的故乡。

男性对女性的要求不一定有很高的学历，年龄、外貌、个性、女人味儿足以敌过一张博士文凭。这也许会让女博士沮丧，但遗憾的是它是事实。在这里我无意涉及道德与价值的评判，因为这些在微妙的感情生活中微妙得难以说清。我所想说明的是，重视理解男女双方的心理需求，对婚姻的成功与建设或许有些帮助。

平 淡
——婚后的危险阶段

在我们探讨为什么婚后的生活愈过愈平淡之前,我们必须搞清什么是婚姻?

所谓婚姻,即两个完全没有血缘关系、不同个性、不同生活方式、不同社会关系的独立个体组成一个联合体,这个联合体从此要过一种共同的生活。这意味着他(她)们的个性、起居、饮食、金钱观念、人际交往等诸多方面都要做一番适应对方的调整,这需要一段相当长时间的调适、磨合,甚至痛苦的过程。经过这一阶段,婚姻可能会进入一种相对稳定的状态。这其中也包含了一份无奈。当然,我们并不排除两个人之间会有一种自然的融合。

婚姻生活不仅是一种艺术,也是一种技巧,当然"爱"始终是婚姻的内核。

婚姻有它自身的规律,恋爱是婚姻的初期阶段(当然,恋爱不一定导致婚姻),恋爱是一种精神上与感情上的发烧,既然是发烧就不免会出现神昏、谵语和产生各种幻觉的症状。这时,思慕之情异常强烈,往往表现为追踪与渴望,所以恋爱阶段除了发烧以外,往往还伴有紧张、不安和躁动等并发症。

婚后,两人的紧张感缓和了,不需要对恋人穷追不舍了,婚姻意味着他(她)"占有"了恋人。这时,既然消除了紧张感与发烧热,也就多少减弱了对恋人的关注,于是,日子变得愈来愈平淡了,从此婚姻开始穿着软底拖鞋,漫步在懒散与安闲的日子里。这日子听起来好轻松,其实这正进入了婚姻最艰苦也是最危险的阶段。

平淡的日子是常人的日子，也是每个人都无法逃避的日子，它就像是白开水，我们每天都需要，而不是什么可乐、雪碧。但我们要学会在平淡的日子里，营造节日的氛围；在安稳的时光里，营造流动的飞扬；在安适的空白中保持一份激情。

婚姻不是一件定局的事，而是时时需要我们去做的一件事，婚姻是一所终生学校；婚姻也不是一劳永逸不变的爱，人心是移动的，爱也是移动的，不移动的只有衰老的心；婚姻不是一盘赢定的牌局，它必须时时更新，必须每天不断地营造和成就。

我说的营造和成就美满的婚姻，并不是无穷的分析、忏悔、解释、对比……这种课堂似的反思，不仅沉重、琐碎，而且会导致无穷尽的争论，如同把恬静的家庭生活，无情地抛入了高速公路。

我们要学会用一颦一笑、一个手势、一顿可口的饭菜、一束鲜花，让爱情永不被弃置。被弃置的情感，日久会被尘封变质与分解。我们要学会化愤怒为温柔，化挑剔为宽容，在婚姻生活中要培养一份爱情与友谊的混合，学会既是丈夫妻子又是情人与朋友，再有一份侍奉的深情。总之，爱情是一朵脆弱而娇嫩的鲜花，需要小心的培植，爱的艺术需要入微的体察。

想远离平淡的生活，必须有一颗不平常的心灵，无论是男人还是女人，最重要的是不断充实自己、提高自己、使自己强大而富足。如果仅仅靠着别人的爱情来维持生命，实在是一种危险而可怜的人生，这样的人生实在比平淡的日子可怕千万倍。

婚姻不是一颗泡在糖水里的蜜枣，而是混合着柴、米、油、盐、酱、醋、茶，甚至有发霉气味的混合体；婚姻是个实体，需要认真地经营，仅靠蓝色的梦幻，支撑不起它沉重的躯体。

婚姻是建立在本能之上的一种责任、一种艺术。它需要坚强的意志、博大的胸怀、耐力与等待，有时甚至是牺牲，这样才能建立起美满坚固的婚姻。它可以超越所有一切平淡的日子和无雨无风的天空。

妻子与情人
——电视剧《来来往往》断想

电视剧《来来往往》热度不减,人们街头巷尾议着《来来往往》中的男人与女人。女观众感伤忧虑之情才下心头又上眉头,男观众没事偷着乐,欢喜之情不敢登上眉梢。

人们观看影片一般有两个取向,或是看戏或是看角,就《来来往往》中看角的不亚于看戏的,尤其是女性中有许多濮存昕迷,这其中还包括为数不少的中老年妇女。濮形象气质俱佳,儒雅而凝重,是理想的大众情人偶像,尤其是这几年丑星充斥舞台银幕,濮的出现是对大众心理需求的一种补偿。濮的走红与大众这种心理饥渴可能有关,但我以为濮存昕在《来来往往》剧中前半部的演出有些涩,时有表演痕迹,后半部演得自如,人物也逐渐到位,但这其中显然缺乏必要的过度。吕丽萍是位实力派演员,在剧中她扮演的段丽娜年龄跨度较大,从少女到中年妇女,吕丽萍演得自然流畅,是一位可以演到八十岁不可多得的好演员。

观众最关注的依然是炙手可热的婚外恋,对此我曾在《女人,你输不起》中作了较多的阐述,在这里就不一一赘述了。可喜的是电视剧《来来往往》中对妻子与情人的认定有着精彩的一笔:康伟业与情人林珠散伙了,林珠立马把康伟业赠予的豪宅卖掉了,拽着一箱子钱,麻利地走了,毫不拖泥带水、干净利落——这就是情人。

妻子段丽娜得知丈夫康伟业的服装厂经济上有了困难,悄悄地把自己千辛万苦经营服装店赚的钱移到丈夫的账下以解燃眉之急——这就是妻子。情人与妻子的鉴别清晰明了，无须多言。

至于那个会讲荤段子的小姐与康伟业的关系是典型的"野食交易"，听了她讲的荤段子我第一次感到了青春的无耻与放肆。青春有时就像一个又硬又生又涩的光溜溜的冻柿子。

观众最为关注的是段丽娜是否能重新接受康伟业？或者康伟业是否能从此浪子回头做个规矩的好丈夫？段是否能接受康重归于好，这是个太个人化的问题，这完全取决于个人的心理承受能力及性格特质。显然段丽娜是个要绝对爱的女人，这种爱需要付出很大的代价和痛苦，如果她愿意妥协，即使她重新拥在丈夫的怀里也会想到丈夫与情人的种种欢愉，乃至自己曾被抛弃的感觉，她的心会淌血，幸福是要大大打折的，除非她善于遗忘，并遗忘得如同新娘。如果段丽娜能忍痛割爱，本着"眼不见心不烦"的古训果断地将康伟业拒之门外，只怕她管不住自己的心，依然挂系着门外的他。他的冷，他的热，他的爱，她都难以释怀。这些情感始终折磨着她，一个执着的女人面对丈夫的此种事真是两难呀！

至于那个流浪的康伟业迟早他会老老实实回家吃面条的，前提是：老了折腾不动了，瘫了卧在床上了，病了久治不愈了，穷了一分没有了，野兔子终归会回兔子窝，这里暂不多谈男性婚外恋的心理、生理、社会家庭的种种原因。遗憾的是电视剧稍显匆忙，对人物的心理行为缺乏必要的交代。

爱情家庭会随着岁月风化，唯有我们把它当成一件事业来经营，当成一件艺术品去珍爱。婚外恋对彼此及家庭有极强的杀伤力，不要"明知山有虎，偏向虎山行"，及时抽身也不失为一种明智之举。

抛弃爱情会怎样

爱情，对现代人来说似乎已是一种奢侈，一种古典主义的理想。

我接触过许多现代女性，她们其中许多人想通过婚姻脱贫、致富，还有不少人渴望通过婚姻改变身份，变成外国人。

一些现代女性无论表面上多么崇尚时髦、浪漫，也无论她们实现婚姻的手段多么现代、大胆、壮烈，但她们的骨子里却弥漫着彻头彻尾依附男人的封建色彩。这其中的反差很令人深思。

女人（有些）的天性有两人弱点，一是爱慕虚荣，二是贪图享受。于是婚姻便成了汪洋大海中一条可以搭乘的游艇。当然，这对于那些年轻、平庸、乏味又缺乏独立进取精神的女性，想趁年轻换一个好价钱，不然她便会随着时间的消逝迅速地贬值，这不能不说是一种应时的算计。

但是，说到底人只能活一次，一次最多几十年或更短，真实陪伴生命的是心境，境由心造，好的心境可以是天堂，坏的心境就是地狱。而爱情的质量直接影响到人的心情。有人问及爱情的感觉：当你觉得整个世界如此圣洁美好，自己也变得更高尚更可爱更美丽，充满了生机和创造力，这是何等美妙的爱情感受。

生命本身是个脆弱的过程，但它所蕴涵的内容却是丰富和厚重的。所以生命是最值得尊重的。其中真正的爱情对生命的质量和生命的享受，具有不可估量的作用。爱情的欢乐是人类情感的极致，爱情使生命灌满了露珠，生命在爱情的阳光下，升华成美丽的彩霞。但不少现代人却英勇地抛弃了爱情，有时竟至玩世不恭地嘲弄爱情，他们大把大把地抓住现实的利益，使感情的绿野变得荒芜，人间的真情被挤压，这不仅是对爱情的亏待，也是对生命的斫伤和轻视。生命已被轻贱，金钱利益又有何意义！皮之不存，毛将安附焉？

况且生命的旅程是独立的旅程，生命只有在独立中才感到喜悦和活力。任何依赖他人的幻想，不仅危险而且靠不住，只有真正摆脱依赖，建立自我，生命才会坚实充盈，只有真正的爱情，才会使生命绚丽富有。

1996.6.28

破译男人

　　燕玲夜半造访，她的神情告诉我她显然在寻求心理援助。我呈上一杯清香的绿茶，录音机里低吟着一曲舒缓的背景音乐，当我看到她已舒展地靠在沙发上便轻轻地说："你在恋爱。"那声音一融入深夜的空气，她的眼泪便簌地流了出来，她向我倾诉着她的故事。她穿了一件质地讲究的小立领黑衬衫，洋红色的毛衣恰到好处地齐到腰间，腰很细，衬着齐踝的黑色长裙，很别致也很风尘，她从小皮包里掏出一盒薄荷牌坤烟和一个银质的打火机。她是一个四十岁的独身女人，一朵迟暮的花飘落在秋季，显然她心里依然延续着少女的情结。初恋是青年时代必须经历的课堂，如果她在春天里荒凉了爱情，那么秋天的爱可能是生涩的。当我看到她有些松弛发干的皮肤和细细的皱纹，和时而闪现的只有少女才有的神情，我的内心产生了一种深切的悲哀。处女必须与青春联在一起时才衬托得圣洁与美丽，才会唤起人呵护或采摘的愿望。如果一个年过四十岁的处女，就会令人想起布满蜘蛛网的黑洞洞的老宅。

　　但燕玲却有着一份令人艳羡的职业，她是一家电台"五彩人生"节目的主持人。一说到主持人，人们立马会想到他们穿着漂亮的衣服在人堆里晃来晃去，心中暗想，他们到底过的是一种什么生活？如果你走到幕后看见他们真实的一面，就会觉得他们平凡得像一片树叶，一粒尘埃，幕前的人往往靠着很浓的表演色彩，由于经常作秀许多东西反而看不清了。

　　燕玲是个凋零的美人，她的美丽显然使她错过了许多机会，于是她便像一块压箱底的花布，岁月把她做旧了，现在她爱上了一个有家的男人，这个男人五十多岁。

当她吸完了一盒烟，又一小口一小口地啜饮着清茶，她抬眼望着我，那目光苍凉而凄楚，她说，和他相处这几年，就像被他一刀一刀挖我的心，我的血快流尽了，你是个医生你得帮帮我。于是开始了我们的谈话。

申：你们是怎么认识的？

燕：他是我节目请的一个嘉宾，从事科技工作有一些成就，我觉他很优秀。

申：他实际也很优秀吗？

燕：他在直播间里对着话筒，能够像演员一样从容，能够把枯燥的科学讲得极煽情。我采访他时，他向我展示了他得过的奖和证书，还用外语给我唱了一支歌。

申：果然，你们第一次见面就不同凡响，你什么时候爱上他的？

燕：第一次就爱上了，当我坐在他的办公室，他望着我的眼睛说："你的眼睛很忧郁，一定有什么心事。真令我担心。"当时我的心一阵感动，多少年没有这样感动了。

申：仅仅就这句话，你就爱上他了吗？

燕：我知道他很有成就感。他对我说，你别看我穿得朴素，其实我很有钱。

申：那么现在你看他有钱吗？

燕：应该说没什么钱。

申：那么，你心里的症结是什么？

燕：他用情太滥。

申：什么时候发现的？

燕：慢慢发现的。几乎是不可逆的，无法改的。

申：你们相处了多长时间？

燕：四年多。

申：你爱的感觉是什么？

燕：痛苦，不断加深的痛苦。

申：直到现在吗？

燕：直到现在。

申：这么说你陷得很深，既然如此痛苦为什么不及早摆脱？

燕：爱情好像是毒品，很难戒掉。

申：他一定有吸引你的地方。

燕：对，他喜欢大自然，喜欢音乐，兴趣和我相投。还有他很会倾听，做爱的感觉很人性、很舒服、很诗化，几乎每次都有高潮，我会感到一种释放和轻松。

申：用情太滥是否可以具体一些！

燕：他一遇到年轻的女性就像蚊子遇上血，又像皮球落地一样往上弹，有一种不能自持的躁动，血好像往头上撞。

申：还是要具体一些。

燕：有一次我与他去炎黄艺术馆看展览，那里的观众不多，我在楼下看，一回头他人不见了，我一上楼，看见他正和一个女服务员挤在墙角，他正兴致勃勃地做着手势，极亲昵的样子，我非常奇怪，他和人家又不认识，怎么几分钟就能亲昵到这种样子。这不是下贱就是出了什么毛病；还有一次和他一起去旅游，午间他一定要请导游共进午餐，席间他指着导游胸卡上的照片说，这张照片没有拍出你的秀气，一会儿我给你全方位的拍照，其实你比巩俐还漂亮，我是最会发现美的。我就坐在旁边气得一口饭都吃不下，那一次我们不欢而散了；如果他打电话，接电话的声音显示是个年轻的女性，他的声音马上变得极其温柔甚至有些肉麻，"请找××，他在吗？谢谢你，"并试图把通话的时间延长以致忘记了他真正要找的人。我就那样直直地愤怒地盯着他，可他丝毫不介意。任何一种微小的年轻女性的显示，都令他难以自持的躁动。

他有一个外甥专程从外地投奔他来，其实他对外甥也很冷漠，可听说外甥交了个女朋友，就经常约他们一起玩。夏天去昆明湖泛舟，雪天他抓住外甥女朋友的手在冰上走，千方百计把女孩子邀请出来到他的办公室学电脑，甚至有意搜寻黄色网页给她看。外甥要结婚了，这个老东西竟然哭了一夜，后来还买了金项链亲手给她戴上。我觉得他很下作。

申：这些事你与他谈过吗？

燕：无数次的谈话，无数次的争吵，无数次的哭泣，他无数次的辩白，这就是几年永远重复不变的主题。

申：除了这些事，还有什么更深地伤害了你。

燕：他一个女同学的女儿在北京读大学，他如获至宝，充当起监护人的角色，经常把那女孩带到他的办公室。他一个人一个办公室，还有一个宽宽大大的长沙发，我知道那就是一张淫床，那女孩常常深夜不归。我气坏了，就到学校去找那女孩，冒充他妻子的朋友，看见那女孩，果然很漂亮，高个子，皮肤非常白，穿着背带裙显得青春四溢，看到她，我马上有了一种自卑感，真是年轻的女人与年老的女人较量是战无不胜的。我心里黯然。但我还是打起勇气警告她，你是个学生，如果搞不正当的关系，破坏别人的家庭，我会告到学生处；学校会开除你。况且我知道她分数不够是这个老东西走后门塞进的。经我一番威胁逼供，她如实说了："他说我是他一生追求的梦，费了那么大的劲把我弄到了北京。他说，他不愿让我受一点委屈，愿给我一个仆人，仆人会照顾我，这个仆人就是金钱。"天啊！这个老东西和我也是这一套台词，玩的也是同样的把戏，我气得直发抖，当那女学生表示在沙发上做爱不舒服时，那老东西就在宾馆开了房间，那老东西抱着她说，你将来结婚了你的身体还属于我。他吻遍了她的身体，说她的身体有青草一样的清香。我强忍着听下去，有几次我差点要晕过去。我知道自己被欺骗了。我恨他，但又离不开他，他是毒品，有时我又想把他杀死。但我自己还没活够。有一次我与他到风景区去玩，白天我们一起在荒凉的山上漫步，我给他唱《夏天里最后的玫瑰》，那是我最喜欢唱的一支歌，他在我身旁轻轻地伴唱，冬日里稀薄的阳光淡淡地照着我，我含着泪说，我离不开你，他的眼睛也潮湿了，用热吻回应了我。晚上两人云雨狂欢之后，他突然脸色苍白惶恐地说："你快走，快走，很可能晚上我老婆会找来，这事闹大了不值当，我混到今天不容易，你快走，快走！"

深夜我冒着寒风在荒凉的野外开着车往城里赶，有谁心疼我？心里好像摔进了黑洞，眼泪不住地流，心好像被撕裂了，除了委屈绝望以外，一股生长起来的仇恨淹没了我。我第一次问自己，我这是干什么呢！这他妈算是爱吗？我还不如一个妓女，人家妓女不动心不动情，到头来换来的是实实在在的金钱，当时我真想返回去用刀子捅了他。

申：说说他的家庭背景吧，这对一个人很重要。

燕：这个老东西还有一个爱好，总是千方百计往媒体上贴，不放过任何一个出风头的机会，找地方做演讲，想方设法当电视台科技节目的主持人。

申：其实像他这个年龄的人，理应在家里读读书，看看报，种草养花，在阳台上晒晒太阳，偶尔打开电视看上几眼，不再往万丈红尘里滚。他有老人的年龄却有着青年的心，他好像没有成长过，人格上有些缺陷。还是说说他的家庭吧。

燕：他父亲是历史反革命，"文革"时又被打成现行反革命，生活在农村，母亲是乡村小学教师，家里有五个孩子，生活十分艰难。他上中学时，常常到垃圾堆里找鞋穿，他曾对同学说，将来有了钱要买十双皮鞋摞着穿。他整个青少年时代，过的是吃不饱穿不暖的日子，名副其实的下等人。六十年代，他考取了大学，国家提供助学金，吃饭穿衣没问题了。但他依然是班里最穷最矮最不起眼的学生。没有任何一个女孩子注意过他，他是个被爱情遗忘的人。快三十岁了经人介绍他结婚了，妻子是个黑瘦矮小的南方女人，是工厂里的出纳员，父亲是人事科科长。不管什么爱与不爱吧，反正他有了自己的家，家里有炉子，有热乎乎的馒头窝头，有泛着油花的白菜炖豆腐，在那个年代，除了生存以外的东西都是奢侈品。这个黑瘦的女人待他也不错，本来日子可以这样一天天混过去，不曾想婚后半年那女人患了脑垂体瘤，他一直怀疑那女人是带着瘤子嫁过来的，因为他从未感受过她是个女人。经过放射治疗这个瘤子控制住了，竟然三十年没有变化，但从此那女人的月经没了，性欲没了，乳房塌了，屁股往下垂了……但这个瘦小的黑脸女人却坚强地活着，努力工作着，不久入了党，现在是厂办主任兼人事处处长，他下放劳动时，她为了照顾他的身体自己也到了农村，他为此十分感动，因为那时她的化疗还未结束，又过了几年那女人又领养了一个儿子，如今已是二十几岁的小伙子，在中关村搞计算机。她一嘴一个"我儿子"叫得又甜又亲。我问他是否可以和妻子过性生活，他说完全不可能，毫无意义。

申：他叙述以往的生活，一定有什么事令你感动的。

燕：不仅仅是感动，而且是心疼。他常常在梦中梦见自己和一个年轻美貌的女孩子在湖旁谈恋爱，他刚刚想吻那女孩，突然被一巴掌拍醒了，他猛地坐了起来，吓得出了一身冷汗，大叫着："不行，不行，你已经结婚了！"然后再躺下，眼里流着泪，心里一片荒凉，觉得活着没有意思。这时，从对面的房里传来了妻子均匀的鼾声。

申：为什么不离婚？

燕：他说太麻烦，太累了，几十年的风风雨雨都一起走过来了，我的青春都丢了，我不在乎，我不愿再搭上剩下的半条命。

申：他的问题脉络基本清晰了。

首先他结婚三十多年，基本上维持着没有性的夫妻生活，他是一个旷夫，说白了，就是一个性的下岗者。

在这场人生游戏里，你只是充当了瞬间填空的角色，而他的妻子是最大的胜利者！试想一个完全没有结婚能力的女人，拽住了一个男人的衣角，一拽就是三十年，把一个男人从黑发青年拽成白发老头，把一个健康的青年拽成一个心理扭曲的白头翁。这不能不说是本事，又不能不说是残酷。她又不失时机地领养了一个儿子，如今已成人成材，这样她的生命里又多了一个保险系数。这样一个完全没有性爱，没有血缘关系的三个人包装成了一个家庭，并且像模像样地成了"五好家庭"，并光荣地成了电视台"欢乐家庭"的嘉宾。这个瘦小的黑脸女人的胜利，首先得益于那个压抑人性的愚昧时代，这个大背景是她赢了的前提。这其中还可能有这样几个原因：一、女人的心计和耐力；二、这个男人内在的软弱和惰性；另外可能还有一种习惯和熟悉，他愿意家里红旗不倒，家外彩旗飘飘，他觉得这种选择节约成本，省事、实惠、便宜，他害怕折腾，喜欢安定团结，又不愿当太监，他对这样的生活已满足了。

在过去的岁月里他一直生活在严酷的阶级斗争的时代，他没有地位，没有金钱，没有前途，一直生活在受歧视的底层，人格受到了压抑与扭曲；现在宽松的社会环境使他获得了相对的成功，于是他就像一个精神上的暴发户，被压抑扭曲的人格便过分反弹，膨胀起来，他急赤白脸地想从人堆里挤出来，想成为受人注意的名人，打个翻身仗。

一个搞科研的人如同在隧道里探索，科学需要一种踏实无华的精神，他过分张扬的习性显然就不大对劲。一个没有健康人格的人，事业也不会真正的成功。没有性爱的家庭生活是违背人性的，性的长期压抑使他没有正常的渠道排解，于是他便以扭曲的方式释放，他没有初恋，总想找回这缺口，所以他便有女性发烧友系列症候群。从严格意义上来说，他是一个病人，而且是沉疴痼疾，这对一个年过半百的人来说，治愈的可能性近乎零，显然你没有必要也没有能力负担起这沉重的使命，其实他也不会有多少钱，因为他的科研成果并未转化成商品，而且他的心思也不在此，而用在虚荣与张扬上，事实上他是个虚弱的人、注水的人。他与你不会有任何结果，你得到的只有伤害，你已经是四十岁的女人了，这是一个彻底抛弃浪漫走向实际的年龄，女性的性别魅力随着年龄的增加而递减，四十岁是滞销的产品，在婚姻的市场上呈疲软的态势，你没有本钱也没有时间消耗自己了。

家庭是女人的养老院，如果你不趁现在为自己定个房号，果真到老了，就没有地方收留你了，养老院里的女人消耗的是年轻时积攒的利息。

燕玲听完后长长"噢"了一声，那神情有解脱的意味，也有一种历经沧桑的凄凉的况味。

半年前我又看到了燕玲，她的神情显得很安详，一副气定能神闲的样子。她说她已彻底"戒毒"了，现在是远离毒品，珍爱自己。她告诉我那段经历仿佛给自己注射了一针"强力爱情免疫剂"，现在一回想他就一阵恶心想吐，回过头来再看那段"疫情"，觉得荒诞极了，简直不可思议。

找回丢失的自我
——答某婚外恋者

你说，你有二十年的婚外情史，是自你婚后四年刚刚有了孩子时，这二十年你是呕心沥血地爱着那个同样是已婚的男人，你们风风雨雨共同度过了二十个春秋。在你的帮助下，他已经成了一位有头有脸有钱的名人了，就在这时，他截然地甩掉了你，又搞上了一个比你年轻漂亮的已婚女人。二十年来，他在你身上得到了你的青春、热情、无微不至的关怀和性的满足。你说，你点点滴滴灌浇着这棵寄托你生命的人树，你说，爱有多深，恨就有多深。你每天过的日子如万箭穿心，不能好好吃、好好睡，好好工作，二十年的感情生活让你一步一回头难以割舍。你说，你很矛盾总是幻想和好如初，如果不行就去复仇……你想去找他的正牌夫人去揭发他的不忠，或者去找那个第四者理论理论。你该怎么办？盼我救救你。

谢谢你对我的信任。读了你的信，我的心情很沉重。作为一个女人，一个作家，一个医生，我完全理解你的感情。你婚外情时间之长，陷入之深，对自身伤害之重，如同把自己抛入了地狱。事实上，能够救你的只能是你自己，你才是自己的上帝，你才是你生命的主宰，历经了地狱的煎熬，这会使你有勇气和决心从地狱里爬出来。

婚外情是一个复杂的社会与人性的问题，在这里暂不作探讨，只针对你信中的几个问题作简单的交流。

你说，那个男人背叛了你，欺骗了你，其实这样的认识是不公允、不冷静的。我想在你们相好的岁月里，是你心甘情愿的，绝不是他强迫的，否则怎么会长达二十年之久，这其中一定有一些值得你回忆和怀念的东西。

　　至于二十年后他甩掉了你，那是因为你太缺乏风险意识了，因为这二十年来你经营的是一项风险投资，既然是风险投资，就要有承受风险的能力，否则当初就不该染指。更何况世界上没有一件事情是永远不变的，你不是也在二十年前背叛了自己的丈夫和家庭吗！爱情的本质在时间上既不永恒，在空间上也不专一（当然，能够专一永恒更好），更何况你们双方都在这人生的大舞台上扮演着双重角色即妻子、情人、丈夫、情人，竟扮演了二十年之久，这对一个朝三暮四、灵活多变、求新求异的男性来说实属不易。他走了，让他走吧，感情这个东西是要随缘的，世界上最不能强求、最脆弱、最易变化的就是男女之情，更何况你们是婚外情。一个不再需要你的男人，也绝不是你所需要的，感情是一种内在平等的感觉，这显示了人的尊严与自信。

　　你这婚外恋的二十年，是在践踏着别人的幸福与尊严（如双方的家庭）忍受着社会的责难和良心的不安，提心吊胆地到处躲闪……这个本来就先天不足的畸形儿早晚要夭折的。一个聪明的女人会在面临不正常的感情时，果断地选择健康之路。这是对自己的善待，遗憾的是你却没有。

　　你说，你咽不下这口气，想出了种种复仇的办法。看来，你是个任性的女人；二十年前你放纵了自己的感情，二十年后你又放纵了自己的仇恨。我相信你冷静下来，是不会做那些毁人毁己的事的。仇恨是一把双刃的毒剑，它毒害别人也毒害自己。尽管人类情感是多动的因子，但人的责任与善良却是永恒的，这是人类希望之所在。

　　爱与不爱那是每个人的权利与自由，婚姻尚且如此，更何况你是婚外，这里没有契约，没有合同，更没有强迫执行。

　　在运动场上，我们经常能看到那些"输得起"的运动员，他在输了的时候，仍然保持着坦然、磊落、达观的绅士风度，在情场上也要有这种"输得起"的精神，那种输了就去报复，甚至我不活你也别活的亡命徒，不但在情场上是个输家，而且在人格尊严上也是个输家，这种双料的输家不是输得太彻底了吗！

处理生活的法则是该抓就抓，该撒就撒。人生不过几十年，坎坎坷坷已经很不易了，别人和自己过不去就够不痛快了，又何苦这样虐待自己？对别人的宽容就是对自己的宽容，这是一个简单而有效的道理。

人的成长是终生的，凡事总要有一种反省精神才能进步。你的心态情绪都有些异常，有一定的人格障碍，你的思维是非理性的，当然，感情这个东西有时是不讲道理的，但你没有积极地设法摆脱痛苦，而是把痛苦当成一个长长的钉子死死地往墙里钉，这样痛苦就愈来愈深，愈来愈牢固。

你说，你把他看得比自己的命还重，这实在是一种最糊涂最愚蠢的认识。你的命长在你的身上，他的命长在他的身上，当你把他的命看得比自己重时，自己就没有了，主体都消失了还谈什么客体？由于人类占有的天性，第三者与有妇之夫的恋爱一定有千疮百孔，你背负的东西太沉重了，情人、丈夫、孩子、家庭、道德、法律、没有名分、没有保障、忍受着嫉妒的煎熬，二十年来这些包袱足可把你压扁，最后自己的个性也扭曲了，人为了有效地生存不仅要学会索取也应该懂得放弃，及时地放弃是对自己的解脱。

在你二十年的婚外情中，你的视觉只有他，你的心里只装着他，于是真正的你就萎缩、枯黄、消失了。你丧失经营生命的能力、发展自己的机会，你的精神支柱已被虫蛀被雨怄，你不幸患了软骨和贫血症，最后你只能坐在轮椅上。现代女性很重视自我意识，而你的自我已沉睡了二十年，是该唤醒的时候了，只要它还活着。

二十年来，你经营的是一项冒险的生命活动。在你的滋润、抚慰与灌浇下，他枝繁叶茂地生长起来，他是幸运的，你为他燃烧了二十年，燃烧了生命、燃烧了青春、燃烧了热情。因为消耗得太多，二十年后你只剩下一个空壳，而他的地位愈来愈高，金钱愈来愈多，而感情却愈来愈少。二十年前他追逐的是你的青春与美貌，而现在你已资源耗尽，于是他的爱就结束了。这么简单明白的道理，你却付出了整整二十年的生命！这个代价太昂贵太奢侈了，人生能有几个二十年？

　　人应该贵生，就是贵自己的生命，贵自己生命的价值，二十年来你把自己的心血精力赌在一个与自己生命毫无关联的异性上，实在是一次惨痛、危险、无望的赌博。当然，你今天能拿起笔来写信求助于我，说明你有创造新生活的渴望和勇气。

　　我想，你内心不平衡的另一个原因，就是自尊心受到伤害。我劝你读过我的信后，马上做一件事，找一个万花筒来，好好欣赏万花筒里的锦绣世界，然后再把它彻底拆碎，仔细看看洒在你眼前的几块残缺的破玻璃片，这时，你会悟到什么，这是我送你的一件礼物，请收下。

　　既不要报复，也不要祈求，爱情是一种无法修补的感情。假如对方不以同等的感情来对待你，那就是轻蔑你，你愈是纠缠，愈是爱得死去活来，他就愈看不起你，你在他心中已从零到了负数。你已输掉了感情不要再输掉自尊，这是你把持的最后一点疆土，守住它，就找回了自己。

　　要学会爱，不要忘记在爱别人的时候，首先要爱自己。爱的秘密——永远不断地提高自己，优化自己，强大自己。

　　如果你能就此放手把他淡忘，那是最好不过的，如果你仍不服气，可以化悲愤为力量。一个中年女性，早就应该明确自己需要什么，发展什么，这才是健康的人格。你可以根据自己的情况去努力进取——无论是学问、金钱、美容、烹调、旅游……或者为你丈夫孩子营造一个舒适温馨的家。

　　当你对他不再顾恋，他反而会觉得你是高贵的，那时你便扬起头，摆摆手，这才是一种高档次的报复。

　　朋友，你在外面风餐露宿流浪的日子太长了，你该回到你停泊的港湾，你太累了，需要养伤，需要休息，岁月匆匆，青春一闪，生命只有一次，太阳已抹下了最后一抹余晖，你该回家了。家，那是女人最需要的地方，像一个稳当安定的小屋，有紫色的窗帘，温暖的炉火，白色的墙壁，绿色的壁画，这里才可以安放你不再流浪的心。

你走吧，快回家吧，趁天还没有漆黑，趁雷雨还没有到来，你加快脚步吧，我在这里举着火把。

我祝福你，永远祝福你，我的朋友。

1994.6

爱情试纸

　　世间流行着女人的择偶取向：50年代一颗红心；60年代重在出身；70年代最好是解放军；80年代海外关系10万现金；90年代豪宅名车加出国兜风加100万现金。女人的择偶取向，多少象征着一个时代的某些东西，它甚至和服装一样，充满了时尚与流行的动感，它的内涵比较复杂。

　　堵车的时候，我站在十字路口最容易看到的是一辆辆名车里坐着的时尚女人，有的在吸烟、有的在补腮红、有的在搞娇……总之她们都沉浸在名车的幸福里。20年前的女人她们可能沉浸在小河边手拉手的爱情中，那时，也许她们没有钱，但她们有爱情，爱情试纸一试就呈现爱情品质纯良。而现在爱情试纸频频显示失灵。每当我吃肉不是肉味，吃菜不是菜味时，突然感到周遭的爱情也变了味。现在的爱情包装得多么奢侈美丽，但爱情的品质却已变异。是什么改变了爱情？是金钱。金钱如此残酷地影响着爱情，金钱的残酷不是用暴力，而是温柔地浸淫。

　　我望着香车里的美女，她们中一些人早已被现实历练得成熟，早早就抛弃了爱情。这些人看不起爱情，更看不起屋檐下世俗而亲切的小日子，除了金钱她们什么都不信。她们决不肯用花样年华换来平民百姓的花好月圆，她们灵魂深处涌起了波涛汹涌的欲望，她们盘算着如何走最简便的捷径，花最小的力气，而改变自己的生存状态。于是她们打起了婚姻这张古牌。古牌可以新用，婚姻是女人的变身术，可以从无到有，从穷到富，从下贱到富贵……于是她们上下求索，明白了只有动用自身的资源——花样年华这个原始股，迅速搭上欲望飙车，奔向婚姻的股市。她们用青春与欲望、贪婪与野心打造着锦衣玉食的人生理想。

金钱轻而易举地颠覆了爱情，爱情何其轻，金钱何其重，悲乎。现代的一些女人常常说，贫穷的爱情我不要！没有钱的爱情快走开！爱情要通过物质来实现。

贫穷的男人买不起爱情，一个男人如果他有豪宅名车，他的爱情马上就升值，如果哪一天这些东西都输光了，他的爱情马上贬值为零。在这里没有真情的介入，只有金钱的干预。在金钱的干预下，爱情的基因迅速变异，在爱情变异的情况下，再谈爱情是一种错误和愚蠢，不如真诚地坦言道：交易。剔除一切花里胡哨的包装，一切都变得透明、简单、清楚，不含任何暧昧，这或许还有一丝诚实可言。

女人，你既然喜欢金钱，喜欢过时尚的生活，穿时尚的华服，抹时尚的口红，为什么不想通过自己的劳动去实现呢？为什么总死死盘算着男人的口袋，是不是缺乏自信还有自尊？可现在的男人早已不是傻瓜，个个见多识广身经百战。他会想，我千辛万苦赚来的豪宅奔驰，凭什么一夜之间让你享受？你能为我提供什么价值？男人也会找相应值的女人，这里有一个公平交换的原则。即使你再年轻，再漂亮，再会作纯情秀，他还是会想，你有90%是冲着我的钱来的。在与女人的交往中，男人最大的收获是学会了逆向思维，从某种程度看，女人是男人的老师，一点不夸张。

身为女人应该保留一些含蓄，不要让男人一眼就看到你的底。一旦男人看到你想吃他、用他、拿他，唯独不爱他，他会愤怒得像个狮子。男人有千般不是，但男人从不想吃女人，更不允许女人骗他。男人也会流泪，但他只在妈妈的面前。女人喜欢浪漫的生活，浪漫的爱情。浪漫的本质是什么？就是心与情的真诚与自由。浪漫是一种境界，她是高贵的，被金钱浸淫的女人毫无浪漫可言。

当女人离金钱最近的时候离爱情最远，离爱情最远的女人是不幸的女人。

女人最大的心愿是让男人去爱,而让男人去爱的女人是一见爱情试纸就显灵的女人,这样一个简单的公式却让我们把程序搞乱了。

2000

花丈夫的钱　要情人的礼

　　有些女人有个爱好：花丈夫的钱，收情人的礼。

　　因为丈夫是自家人，丈夫的钱就是自己的钱，不分彼此。反正吃的是一个锅里的饭，喝的是一个碗里的汤，吃的是一个盘子里的菜，毫不见外，有时还格外心疼丈夫的钱，愿意省下来以备更大的家庭开支。

　　所谓丈夫，就是把他兜里的钱变成自己兜里的钱，没有风险，没有压力，不欠情，不欠债，这就是真丈夫。

　　情人是家庭以外的人，即不是一家人。既然是情人，主旋律当然是一个情字，情是维系他们关系的一个支撑，所以要把情字做足做大做满，要演好一个情字，唱好一个情字，秀好一个情字。如果在情字里混杂了情以外的东西，主旋律就变了味儿，就像蜂蜜里撒了芥末面。试想，每当与情人云雨一番以后，对方扔过一沓数过的钞票，恐怕就有了嫖与妓的味道，男人会觉得不妥，女人也会觉得没面子，甚至会觉得侮辱了自己。即使女人想要钱或有其他目的，也不会那样直接，而是巧妙地把金钱与目的，神不知鬼不觉地糅进情当中，像油裹面，油中有面，面中有油，自自然然搀在一起，这是情人中的高手。所以情人间的相处比较艰难，而且需要费些力气与心思。这是由于情人的性质决定的。本不是一家人却想像一家人那样过，难。

　　但是有一样却是情人之间必不可少的节目——送礼与收礼。由于金钱是赤裸裸的，它跳的是脱衣舞；礼物是用钱换来的所以穿上了衣服，它跳的是穿衣舞。无论礼物是一个相册，还是一颗钻戒，或是一件貂皮大衣……由于它经过了包装，情人们接受起来就顺畅了。

我不禁想起了蒋碧薇女士，她的一生有过两位大名鼎鼎的男人，一位是画家徐悲鸿，一位是国民党政客张道藩。这是两位有名的男人，因他们的名字造就了他们共同的女人——蒋碧薇。

当蒋碧薇离开与她共同生活十年的张道藩时，她说：

……从此，我以离婚时徐先生所给我的画换为钱，一直到现在，我没有向任何人借过钱，也不曾用任何人一块钱。

——摘自《蒋碧薇回忆录》第747页

由此，我似乎听到了蒋碧薇女士的弦外之音。

看来用丈夫的钱应该，收情人的礼活该。

2001

"第一夫人"情结

一位女士委屈地说,她所在的单位工作太累,人际关系紧张,想调到她老公所在的某研究院去做一份可有可无的差事,理由很简单,她老公是该研究院的院长。她得意地表示,在那里她就是"第一夫人"了,有谁敢不哈着她,不看她的阴晴冷暖?

有许多女人都有"第一夫人"的种种设计与梦想。在任何一块一亩三分地上都会出现一个"第一夫人",如某招待所第一夫人、某服务公司第一夫人、某粮油店第一夫人、某豆汁儿铺第一夫人……

正宗的第一夫人是专指国家第一领导人的夫人。国家第一领导人是选举出来的,符合法律程序,有合法的政治地位与权力,而第一夫人是由国家第一领导人一个人选出的,属于其私生活的一部分。第一夫人不能代表其行使公务,不具有和其一样的政治地位。有时第一夫人的内涵是说不清的。

令人不解的是,为什么一个普通的女人、一个草民总纠缠着第一夫人的情结?在如今这样崇尚个性、崇尚自我的时代,又何苦只对"第一夫人"情有独钟?

这还要从女人的心理说起。俗话说,女人嫁鸡随鸡,嫁狗随狗;男人对应的是:娶鸡养鸡,娶狗养狗。虽然,"随"与"娶"只一字之别,却把女人的被动,男人的主动勾勒得清清楚楚。

女人天性中最大的弱点是虚荣,女人的敌人是女人。女人倾听女人的痛苦,更多的时候是为了得到内心的慰藉(悄悄地),在温柔的泪水中潜伏着冷酷的因子；女人穿漂亮的衣服，是为了让别的女人羡慕、妒忌和烦恼。所以女人着装时常有很强的攻击性。女人的虚荣与攻击性是从心里生的，较难克服。男人是女人最时尚的衣服，穿上他就像孔雀开屏，这或许是女人为什么总是纠缠"第一夫人"的情结吧。

一些女人想过神话的生活，很多时候，她们不想靠自己的劳动，而是想一劳永逸地抓住一个男人。她们要将脊背牢牢地靠在一纸含金量很高的结婚证书上，幻想着这张薄薄的纸里蕴藏着无尽的宝藏，想以"曲线救国"的方式实现人生的梦想。女人的婚姻本应生于爱情才是美好的，倘若女人把婚姻当成谋求饭碗、谋求经济、谋求发展的手段，这婚姻恐怕就是注水的了，夫妻间难有真正的快乐与幸福。婚姻绝不是女人的职业。随着经济的发展，改革的深入，人们的婚姻观念也在变化、在更新，以往那种捆绑式的婚姻正被"独联体"的婚姻模式所替代。改革之前，既没有机会挣钱又没有机会寻求发展，更没有周围先富起来的人群的"诱惑与刺激"，夫妻俩除了抱在一起苦熬苦等，又能指望什么呢？现在就不同了，社会为个人的发展提供了广阔的空间，家庭不再是一潭死水，不时吹进清新的空气。婚姻最根本的基础将不仅仅是两颗心的结合，而首先是两个人的结盟。他们结盟成独立的个体，有着一致的利益，并为这共同的利益去努力经营。

那种想仰仗男人的权力而享受余荫的藤缠树的婚姻观是不健康不现实的，女人总是虚幻地夸大婚姻的保险系数。

婚姻是银行里的存款，存款是两个人共同的投入，如果一方努力存入另一方任意支取，这样的储蓄是不公平的，会导致"独联体"的失衡，最终的结果是树倒藤断。婚姻不能商品化，却可以借鉴商业活动中的规律与原则。如果女人不思进取，没有独立性，专注于虚荣与享乐，为了多支取银行的现金对男人曲意谄媚逢迎，这样不仅助长了男人的骄傲与霸气，更可怕的是降低了自己的人格，没有人格的女人则丧失了生存的意义。

话又说回来，你不必执意在你丈夫的一亩三分地上戴上"第一夫人"的桂冠，那里的员工既要看你丈夫的脸色，又要看你的阴晴冷暖真是太辛苦了。他们全把对你的不满一股脑儿算在你丈夫的头上，这样你丈夫和他的单位为此付出的代价是否太不值了？

女人是时尚的先锋，时尚的女人不仅仅涂时尚的口红，穿时尚的服装，最重要的是与男人分享一片天空。

婚姻中的女人与男人，就像两条平行的铁轨，共同支撑起婚姻的列车奔向前方。

2001

男女四十有别

女人四十岁无论如何都想找到一个男人。无论这个男人俊丑,工资多少,学历高低,只要能给她一个踏踏实实的日子就行。她要一个诚心诚意照顾她余生的男人。

四十岁的女人心的基调是依靠。

四十岁的男人,如果他没有权势,没有金钱,又没有结婚,实在是他的忧患之私。

他在烦恼,他拿什么为女人提供舒适与虚荣呢?他应该有多少钱与女人共度余生呢?

四十岁的男人是苦恼的男人,他内心的基调是烦躁。

2002

恋爱中的四十八岁女人

四十八岁对于一个女人是一个尴尬的年龄。这是一个落叶飘零的季节，当然，爱情可以属于任何一个季节。爱情是少年的梦，是青年的花，是中年的伴侣，是老年的拐杖。

当爱情从少年走到了老年，内核已起了变化。如果说青少年的爱情是浪漫与性，那么老年的爱情已熬成了一锅稀烂的小红豆粥。在风雪交加、北风呼叫的夜晚，围炉低吟，炉子里时而迸发出星星点点的火亮，这时的爱情已变成了一种相互取暖、相互依赖的亲情。爱情是一种交融，亲情是一种血缘，当爱情变成了亲情，不能不感叹岁月的力量。

恋爱中的四十八岁女人是警觉的女人，四十八岁虽然已过了做梦的年龄，但她要用残剩的生命力去寻找一些切实，一点温存，一点保障。她要为打理自己的晚年做一次谨慎精密的安排。这时她需要的不是热情，而是机智与伶俐。婚姻是需要虔诚的，她不缺乏虔诚；婚姻需要能忍耐平庸，她能忍耐；结婚不需要太多的理想，她早已丢在昨天。即使这样，她们选择的余地已是小而又小：未婚的令人生疑，怕是有什么怪癖和毛病；离婚的拖着油瓶是小事，怕是潜伏着什么危机；找一个已婚的男人当情人又觉得太没有着落，不甘的痛苦使她觉得自己吃了亏。

四十八岁的女人生理上也起了变化，这时的女人是其一生最大限度地受生理因素左右的阶段，这是不幸的事实。四十八岁对于女性是一个红色的警戒线，这时女人已到了标准绝经的年龄。雌激素已显著地减少，雌激素是滋养女性的甘泉，如今甘泉已不再慷慨地汩汩地滋养着你，而是吝惜地时断时续地一点一滴地渗入干燥的土地，可怕的荒漠化时时威胁着女性的心理。无论四十八岁的女人怎样地装扮，或梳马尾头，或棕色头发披肩，或绿色头发直立，或身着背带裤，或穿起超短裙……都遮掩不住秋风秋雨愁煞人的况味。

四十八岁女人爱情的锅里已有些混浊，时而发出一股糊味。

恋爱中的十八岁少女，又是另一番景象。十八岁的少女不是爱着某个人，而是爱着爱情本身。十八岁爱情的锅里盛满了清亮的十八岁，除了十八岁还是十八岁。她不愿属于任何一个人，她迷恋恋爱的游戏，她高兴许多人哄着她玩。她是典型的人来疯，疯得快活，疯得骄傲。她玩着捉迷藏或蹦极的游戏，她藏在花丛中，或假装晕倒在小河旁，忘记了回家的路，只等你把她抱起，然后她娇声喊叫：不要不要，却任你紧紧一抱。她像一只飞翔的鸟不愿回巢，十八岁是那样自由与快活。恋爱中的十八岁少女身上散发着一种热烈的新鲜气息，这是从生命深处激出的泼辣。她身上柔软的细细的茸毛沁出了露珠与清香，眸子里闪着亮，红红的脸好像是春天的玫瑰，这是大自然的馈赠，真是春风春雨春妙人。

恋爱中的四十八岁女人，上帝已不再那样眷顾她，她急于在天黑之前赶快飞进笼里，她一次又一次地用翅膀撞击着铁笼，翅膀渗出了殷红的鲜血。她已厌倦和害怕了外面的风雨、黑暗与寒冷，她愿有一双温暖的翅膀在迎候她，只有在那里才能有安详。恋爱中的四十八岁女人，身上稀疏的有些发硬的茸毛，会变得柔软些，干燥的皮肤上好像喷上了一层矿泉水，警觉的眼睛里有了温柔的睡意，只是笼外没有人有兴趣和她做好玩的游戏，更没有人哄着她去捉迷藏，那些曾陪着她一起走过的人，趁着天黑之前都早早溜回了家。

恋爱中四十八岁的女人，对待爱情有着孤注一掷的决心和死磕的执着。常言道四十岁的女人不好惹，四十八岁的女人不能惹。她们失掉了青春决不能再失去尊严，她们失去了昨天决不能再失去今天，因为明天会是愈来愈像下跌的股票。所以与四十八岁女人谈恋爱的男人千万不要以一种玩世的态度来消遣这场游戏，四十八岁的女人早已告别了轻喜剧而进入正剧，如果你游戏了她，不仅难以脱身，恐怕还有难以预料的危机，四十八岁的女人一旦执拗起来就像摔在沼泽中的人抓住了一根柳条，事态的严峻不可小视。

不过，四十八岁的女人一旦与你结婚，那你将是幸运的，因为她把家庭当成宗教，她会十二分地珍惜和保护你与她的家，她是围城忠实的保护神。

2002

爱情物语

青少年时（二十岁以下）爱情是一个人的战争。爱情的魅力像是罂粟花，少年的爱情是祭品，最大的愿望是为爱人牺牲，一般殉情的事情多发在这个年龄。

中青年（二十至四十五岁）的恋爱，是两个人的战争。最典型的例子是张爱玲《倾城之恋》中的白流苏与范柳原，这场两个人的战争打得何其艰难、痛苦。经过战争历练的男女，撕掉了装饰的外衣，剩下了朴素的一对，他们在无奈与妥协中签下了停战协议——结婚证书。虽然冷战还在继续，但硝烟已基本远去。

老年人（五十岁以后）的爱情是没有对手的战争。千辛万苦折腾了一辈子才明白，当你伸手向别人索要爱情的时候，才发现爱情是别人存折里的密码。少年时常以为爱情是自己的生命，头发染霜时才明白，爱情与自己的生命无关。别人的爱生长在别人的心里，想把别人的心变成自己的心，何其艰难，大多是一个豆腐渣工程。

爱情谵语时：我为你生，我为你死。
爱情高烧时：双方是爱情的义工。
爱情退烧时：爱情是藏在别人怀里的钱包。

在漫长的战争中，老人已历练得耳清目明。

2001

过期的爱情

爱情与一切食品一样有保质期，保质期一过就变味了。

一对十年前的恋人分手后又偶然相遇，当年爱得如火如荼、挖心挖肺的两人也未避免各奔东西的结局。今天他们再次来到了爱情开始的地方，他拉着她的手，不再柔软但依然温热。他在她的耳畔呼唤着当初的爱称，她微笑地望着他，有些陌生，有些黯淡，眼睛里不再有燃烧的火花。现在的他们都已心静如水，没有依恋，没有激情，他们在努力找回昨天的记忆。回忆还在，只是昨天已消失在白桦林里，白桦林依然沙沙作响。他们十分沮丧，他们感到不仅失去了爱情也失掉了青春的时光，他们的脚印留在寂寞的白桦林里。

其实他们离别的创伤随着时间已结痂，在愈合的地方又生出新的种子。过去已从身体中撕裂开去，离开了自己的身体便不再疼痛，因为它已经不属于自己，这种细微的感觉常常被我们忽略。

爱情并不是一朵长开长盛的花，生命期一过就枯萎凋零，鲜花保留下来的是干花，干花是鲜花的尸体。

有人说娇嫩的爱情，就像馒头、包子、红烧肉，凉了可以再回锅蒸一蒸。可他没想到的是即使火再大，蒸得时间再长，热得再透，它们都不会有刚出锅的香味了。

人们都无法回到过去，过去只能重温，不能再现，唯一的办法只能是珍惜今天。

2001

婚姻的年龄

一个五十岁的女人叹着气说,她不能再结婚了。她说,她不想伺候一个男人走了还要再找罪受去伺候另一个男人,再有,她死后与谁葬在一起?前面的一个等着,后面的一个又盼着,她不能瞻前顾后更不能使自己左右为难,活着难死后还难,这又何苦!她的榜样是大名鼎鼎的陈香梅。陈小姐三十岁丧夫,她对生前的丈夫承诺过死后与其葬在一起。陈香梅一直遵守着自己的诺言,至今已七十多岁的她始终没有再嫁。这位五十岁的女人决定自己活自己的,起码干净利索,她不拖累别人,别人也别拖累她。

这是出于她亲身的经历。

一个四十岁的女人说,有合适的她就嫁了。合适的底线是1+1>2。当然如果1+1>10更好,她想要一份舒适的生活。

这是源于她的需求。

一个十八岁的少女说,如果他长得像F4一样帅呆了,她就嫁。

这是源于她的梦想。

经历、需求、梦想就是人的年龄,也是婚姻的年龄。

2001

婚姻的底牌

婚姻是两个没有血缘关系的人，因为一种偶然组成了一个婚姻铺子。婚姻中的男女双方都是股东，应齐心合力把这个婚姻铺子经营得兴旺发达。一纸沉甸甸的结婚证书是一种庄严的承诺，一种契约，任何一方不可随意撤股，更不可偷偷兼职。

婚姻在"市场经济条件下"会给人们的观念带来一些变化，即承认每个人的利益都有自己独享的不可剥夺的权利。每个人的利益权利都是平等的，所以两个人之间的交往只能拿自己的利益进行交换。以往一味鼓吹"忍辱负重，吃亏是福"观念，这其实是根本否认了交换的原则，这在实践中是行不通的。

我们实践了婚姻，实际上是与另一个人进行了交换，不管交换是不是一种心灵的结合，我们都付出了自己，也希望从对方那里得到回报。如果一方只是一味地投入，对方却拒不付出，这婚姻迟早会解体。

在市场经济的影响下，夫妻间的交换虽然很隐蔽，但却实实在在地存在着。这是婚姻形成及稳定的基础，否则就像沙滩上的屋子毫不牢固。

夫妻之间交换的是什么呢？当然首先是感情。感情是婚姻的主打内容。如果一方热恋另一方，另一方冷漠以待，不能以同样的爱回报对方，这不仅违反了爱的承诺，同时也是不公平的。

追求交换中的公平，一点也不损害婚姻中的神圣与美丽，也不会减少婚姻的色彩，而且还是市场经济条件下可行的准则。

爱情的规则即是一方爱与利益的付出，另一方得到的是爱的回报及利益的回应。没有公平就没有个性的独立，应客观地审视自我，审视自己的婚姻。心理素质、心理能力、情感的认知与操练，应该是成熟与理性的。

婚姻是生意，最本质的特点就是双方互惠。没有一个人不想在婚姻的学校里快乐和幸福地健康成长。结婚而和乐，那是人间的天堂；结婚而不和，那是人间的地狱。男人与女人最明智的选择是将婚姻进行到底，因为再婚的男人娶再婚的女人，如同将军遇将军，难免不生火药味。这其中有诸多的比较，不等，难言，隐痛，这是艰难的一课。初婚的男人娶初婚的女人，如同新生遇新生，以无瑕的纯白作底色，只等你去涂写。再婚的女人遇新婚的男人，如老将遇新兵，完全不是对手，其后果凶多吉少。

"婚姻是生意"，我亮出了婚姻的底牌，会让你不再迷茫，不再幻想，不再不平，不再委屈，不再贪婪。有些女人一味想在自己婚姻的果篮里盛满巧克力、苹果、香蕉、玉米花、蛋糕，还有一大捆钞票，甚至还有发光的南非钻石。当你知道了"婚姻是生意"，你会抑制一下过分贪婪的欲望。当你觉得自己吃了亏，你会反思一下自己付出了多少，也为对方想一想他得了什么，他快乐吗？当你觉得你应该有运气嫁给查尔斯和克林顿时，你不妨想一想你离他们的圈子到底有多远，你是否患了灰姑娘妄想症。这时人就会变得心平气和。婚姻是一种好的制度，女人在这制度里变得安静，男人会在这种制度里变得老实。

"婚姻是生意"，是对男女双方一种理性的健康警示。

这红色的警示牌，尽管强调婚姻是生意，但婚姻的基础仍然是情感。夫妻间情感的维系，靠的就是一个情字。夫之情施之于妻，妻之情施之于夫，其间不可加第三者，第三者是杀伤夫妻情感的毒药。爱情一旦结冰就不能再融化，眼泪一旦流干，剩下的只是情的坚冰，从此爱情永远失去了春天。

"嫁汉嫁汉，穿衣吃饭"，这句俗语似乎养成了我国女人的依赖性，将女人的人格也污辱尽了。如果女人抱定"婚姻是谋生的手段"这种念头，想死死拽住男人的衣角吃一辈子活一辈子，自己却不思进取，恐怕夫妻之间难有真正的快乐与平等。感情的互惠、互动，快乐与平等是对婚姻最本质的诠释。

  婚姻的美丽坚实在于它的义务。一位患类风湿的妻子，躺在病床上已有多年，她的爱人一直不离不弃悉心照顾她、爱护她，在精神上给予了其极大的安慰。夫妇真正的意义就是彼此患病时相扶持，遇难时相扶助，互相怜爱，彼此安慰。然而也有的人竟以对方患病为理由要求离婚，拂袖而去。人对于有病的猫狗都不忍遗弃，夫妻间又岂能如此无情？悲乎！又何况患病的一方是为家庭倾注了全部的心血积劳成疾，这其中的付出具有很高的利益和附加值，不正视这点是不公正的。

  中国人常说"恩爱、恩爱"，恩在前，爱在后。有了恩才有爱，这是一种因果关系。在日常生活与工作中，夫妻双方相濡以沫、互相支撑才是最重要的，否则根本谈不上爱情。牛郎和织女的爱情，是"你挑水来我浇园，夫妻双双把家还"，这是一种互惠，也是一种恩爱。

  在市场经济下，夫妻间的交换原则会愈来愈明确，愈来愈自觉，愈来愈主动，并且成为一种准则，人人都会变得客观安详，心平气和。

2001

心灵的探险

在女人的一生中有两次八级心理地震，一次是月经初潮，另一次是绝经。前者象征着一个真正女性生活的开始，后者则意味着女性某种重要生活的结束。尽管这纯属是生理意义，但女人的生活情绪，在很大程度上受生理命运的左右，由此演绎着人间美丽而苍凉的篇章。时光在无涯的荒野中流去，岁月在空洞洞的一天天中老去。人啊，无论上天或入地，其内瓢是不会变的，变的只是外面这层皮。在人生的舞台，上演着大同小异的故事。生命是繁琐的，女人不怕繁琐，男人是女人的圈套，女人愿意往里跳，并在苍凉的背景中抹着朱红的唇膏。

生命的管理

生命是一次单程不归的旅行,生命是一次性短暂的消费。这本是个常识性的问题却往往被我们忽略,那是由于我们淹没在世俗的名利场中太深太久了。

因为生命的一次性决定了它的弥足珍贵,当然与宇宙相比,一个人的生命近乎等于零,但对自身而言,人生就是一个人的疆界,最要紧的是负起自己的责任,管理好这个疆界。我们面临的第一个问题就是生命资源的合理分配与开发,因为不同时期生命资源的分布是不一样的。这体现了主体对生命的关爱。

青春如涨满的湖水,充沛与丰富并起着波浪。青春的河流轻盈地舞着脚步,但青春只是回眸时醉心的一瞬。在这个时期人最重要的是开拓、进取、求学,为一生的立业生存立下根基。当然这也是恋爱的季节,繁衍的季节。女性最佳生育期在二十五至三十岁之间,凡是应在春天干的活等到秋天冬天就来不及了。

中年的基础是寻求一种稳定的发展。每个人都是一个世界,重要的是对自己的认识,清楚自己拥有多少能量,能做什么,不能做什么。中年一定要有"自知之明",这样,做人做事就不会离谱。应脚踏实地得尽力做好自己能做的事,只要干得好,干什么都好。

老年是生命的顶峰,好像看到了人生的全景和限度,如此他应有一个豁达的胸怀,在沉浮人世的同时也能跳出人生之外,所以他超然宁静,他清楚一切幸福与苦难都是相对的,声名利益不过如浮云。以这样的心境看人生就会获得一种安详,健康与安详是老年人自我关爱的两个法宝。

下一个世纪的医学模式将不仅仅是生物学的，而是社会学心理学的总和。首先倡导的健康管理学模式，即我的身体我的健康我有能力管理，以人为主体的健康管理包涵着深切的自我关爱的内涵并充满了人性。医学基本知识的普及很重要，中医学早在几千年前就倡导"上医治未病"。上医即最好的医生，未病即未来之病，这一观点充分体现了现代医学预防为主的医学思想。

　　健康管理最重要的是心情的调适。随着社会经济的发展，我们愈发认识到心理健康的重要性，心理健康意味着精神健康。精神失调机体必然受折磨，疾病是什么？中医称为阴阳失调，西医认为身体的稳定性被打乱。当我们的情绪处于激情、愤怒、憎恨、妒忌、绝望、恐惧等负面情绪时，对身体的影响是显而易见的，神经系统受到反复强烈的刺激会对内分泌腺有害并会加快衰老和死亡。情绪的管理最重要是要有自控能力，要远离尘事的纷争，只踏踏实实做自己的事。人生最难的是每天都拥有一个好心境——这不仅弥足珍贵而且无论花多少钱也买不来，好的心情完全靠自己去创造。我们不应逃避生活，要紧的是保持一颗平常心。静观潮起潮落，一定要悟得境由心造之理，这样我们就能步入淡泊名利、宁静致远的人生境界。好的心情意味着好的生命质量，做自己生命健康的主人这才是关爱自己，珍爱生命。

1999.11

经营生命

我第一次感悟生命,是十年前的一个冬天。

许多人,从那间屋里接出了妈妈,我拉开车门,连忙用我的羽绒大衣和羊绒围巾把车座及靠背尽量铺得温暖舒服。我叫了一声"妈——"那声音在风中抖动了一下,旋即撕扯断了。只见两位工人师傅戴着手套机械而利索地把妈妈推进了汽车后备箱里。在寒风中我茫然了,这个我正面对的真实的残酷令我僵硬,尽管我来时原本是知道的。

人的生命竟如此难以把握,昨天晚上妈妈还对我说,"待我出院要买一盆大朵的黄菊花"。只过了一夜,妈妈就走了,走得急切仓促。生命原本那样没有耐性,匆匆滑落像一颗飘落红尘的尘埃。我木然地坐在汽车里,妈妈在汽车后备箱里颠簸。我的心骤然荒凉而麻木,像是历经沧桑的老人。

窗外的世界依然精彩,依然喧哗,依然热闹。天还蓝,太阳还灿烂,它们对一个突然离去的人完全无动于衷。街上的人流形形色色,他们大步流星地向前奔着,他们在奔钱、奔名、奔利,奔一切可以抓到手的好东西。车流在鸣叫中涌动,无论是奔驰、宝马、桑塔纳、夏利还是"小面",它们都急赤白脸地向前冲着,像是争先恐后地抢一张巨额彩票。这时,我对众生突然产生一种莫名的悲悯,悟得原来大家在同一人生舞台上扮演着不同的角色:有人是达官显贵,有人是平民百姓,彼此的不同仅在于角色的不同,但实质是一样的,那就是可怜可叹的演员,在生命的过程中充满了同样的焦虑、痛苦与渴求。人们手里抓着、肩上扛着、头上顶着、腰上拽着各种装满财富的布袋,他们上气不接下气地往前奔着，沉重而辛苦却一刻也不肯放松。更令人惊异的是大家奔向的目标是共同的也是唯一的，终点一到所有装满金银财宝的布袋都统统地掉下了。

　　人们不同的主要是不同的人生阶段以及各自不同的感受。年轻人由于人生的终点于他们遥远而缥缈，他们以为拥有的是生命的永恒。中年人辛苦奔劳、野心冲动，生活把他们历练得粗粝而务实。老年人因已看到了不远的地方就是归宿，他们或悲哀或恐惧或无奈，当然也有人能超越红尘而归于平淡自然。

　　生命是什么？生命就是捧在手里的水，从我们拥有生命那一刻起，我们的十指无论怎样拼命地靠拢，怎样小心翼翼，水还是一点一滴地渗漏，这是挡不住的丧失。

　　生命又是一笔上帝给每个人放在银行里的储蓄。究竟它有多少？没有人在生前知道，但有一点是真实的，我们都在一天天地消费它，直到有一天生命出现了赤字。生命是不确定的，我们唯有分分秒秒地把握，把每一个日子都当成一个快乐而充实的节日。

　　人生有不同的地段，青春正如王府井大街这块黄金地段，不仅要开拓，同时也要学会节俭含蓄。青春是经不起挥霍的，它不仅太少太贵而且又薄又脆。青春是回眸醉心的一瞬。

　　中年的发展基础是稳定，中年的大禁在于夸张生命。中年的市场时而会出现假冒青春的品牌，这不仅滑稽而且悲哀。中年的品牌、品质只能是中年。中年的误区是比较，人与人之间是没有可比性的，重要的是建设内心的自信、凝重与安详。中年的明智在于干自己想干的，干自己能干的。只要干得好，干什么都好。

　　人生最难耐的是老年。一个女人从姑娘到媳妇到老太太，这意味着一个女人的路已走到尽头。男人也是如此。不过一个女人的老年比男人的老年要好过得多，当女人退回到家庭的王国她会依然自信与快乐。而男人往往无所适从，因为他们太看重社会舞台。这时一种可怕的心理补偿及返老还童的心态油然而生。如果这种心态过于强烈，就不仅荒唐而且有损健康，"冬行春令实属不祥"，优雅庄严的老化是老年自爱的选择。

老年人你们手捧的水及银行里的储蓄都所剩不多，你要节俭生命开支，要小心翼翼关照自己的身体，要尽力收敛你的阳光，让它尽量温暖自己，唯恐不及，能够健康、自理、自得其乐的老人是幸福的。

老年人最富裕的就是时间，让日子悠悠地过吧，慢慢地会呈现出一种醇香，岁月筛下的是生命的真情，这时，展现在你眼前的是生命的全景图，清新明朗。所有的秘密都已揭开，所有乌云密布的日子都已云淡风轻。

1996.3

好好活着

人们有时急赤白脸地夺钱、夺名、夺利，可却忘记了这样一条公式：人的生命时间用减法，钱财功名用加法。人的一生不过两万多天（这其中还包括衰老和疾病磨难的时间），活一天少一天这是减法。随着时间人的金钱、功名会一天天地增加这是加法。有一天当这两条生命的轨迹交叉时，生命的符号就出现了零。$0 \times$任何数$=0$。这个公式不含任何暧昧，具有决定性，它很残酷，但很真实。其实人人都知道这一公式，但对它的认识只停留在知道，而缺乏真实感，只有死亡与自己或与自己有关的人发生了联系，理智才能恢复。如果我们能早些接受这个公式，那么对事物的看法，对世事的处理会有很大的不同。

我知道一个年轻人的父亲，因经济问题而被关押在牢；而这个年轻人对赚钱也特别感兴趣，但对自己的专业却兴趣索然，他经常东窜西跑，恨不得一下子发了大财。我说，你父亲才不过四十多岁，为实现对钱财的占有费尽心机，到头来跑牢里去了，这又何苦！你应引以为鉴。还有一位富人，豪宅名车一切标志富人身份的东西样样齐全，兜里还揣着外国护照，但因奔波劳碌、八方周旋搞得疾病缠身，不久前因脑血管破裂突然去世了。我想，他实际上用八年的富足提前支取了三十年的寿命，这个生意做得很不划算。说生命是人生最大的财富是因为它是一次性的消费，其他的东西都可以失而复得，唯有生命的丧失是永久性的。

当今社会是多元化的，人们的收入存在差别，生活方式也有差别，人们的价值取向也不尽相同，这是正常的。致富是积极的动力，但要守法有道。有些人不去致富不是因为他不能致富,而是他不愿为财富操那份心,受那份累。他愿意过一种相对平和、安闲简单的生活,去做他想做的事,因为做一个富人是很累的,况且对财富的占有是一时性的。

人与动物的区别在于:动物视死如归,而人总想把时间留住,追求永恒,于是想出种种方法。首先是自然人的方法:"种子"的繁衍,人们如此渴望拥有自己的后代,其本质就是传播基因以证明自己能永远存在下去,自己生存的印记能得到永久的保留。其次是拼命想方设法证明自己的存在与不朽,如漂流、攀登、飞跃、写传记、拍照片,极尽一切张扬自己,绝不甘心自己淹没在芸芸众生之中毫无痕迹。其实人死后一切都结束了,现在想到死后的种种礼赞、鲜花、儿女的孝心,葬礼的隆重,那是活着的人心里的一种安慰,对死去的人已毫无意义。

人重要的是好好活着,活在现在比什么都实际。"昨天是使用过的支票,明天是未发行的债券,只有今天才是现金",所以只有今天可以使用。好好活着就是每时每刻都感觉心灵的快乐,每一天都是一个新的生命的诞生,充满希望,充满阳光。

男人漏掉春天的断想

一位朋友兴奋地告诉我，她的女儿考上了幼师，最值得庆幸的是那里没有男生。她的话又使我想起了电视上一位家长捶胸顿足地说，对男女生的交往，学校要配合家长围追堵截严密监视，我唯一的希望是孩子读好书考上大学。看，这是人生这一头的风景——早春。

再请读者顺着笔者的视线，看看人生另一头的风景——晚秋：有一些坐五望六的老者，经常佯装成青春状、名人状、情人状。这里且不多说他们怎样如醉如痴地泡舞场，浑身散发着中档的香水气味，染染黑发制作行头做青春秀，在潜意识里相拥而舞是他们性的补偿。甚至有些坐六望七的老者，眼睛捕捉到年轻的女性就会发出异样的光，并且会对自己的行为有全方位的诠释，捕捉到太年轻的女性他会说像自己的女儿；遇到稍年长的女性他会说像他的表妹或妹妹。接下来的节目就是如泣如诉地编织着自己的故事，不幸的婚姻，无爱的家庭……展现了一个令人伤感同情的画面。他们还有一个爱好——像选美一样出入保姆市场，并乐此不疲。昏黄的眼睛顿时变得猎鹰般的犀利，毫无顾忌地挑来剔去，那神情，比在商店里买商品还要苛刻。小保姆（有些）也在其中悟出了生存的秘方并趁机把水搅混。

一些资本的、有些余光的男人，他们像赶场一样衣冠楚楚地往人堆里挤，或争当嘉宾或做报告，不放过任何一次表演和吹嘘的机会。他们频频挥动着像熟透的香蕉黑迹斑斑的手指，似乎在强调着他们的存在和决不退却的力量。年轻时不能热热闹闹，老年时就不能安安静静。在这一造型的定格显示了他们人格和心理的缺陷，尽管有些滑稽，但更多的却是悲哀——历史的悲哀。

　　这一代人生活在没有自己的时代，他们的思想、情感、意志甚至灵魂都装在别人的口袋里，人性受到了空前的挤压和扭曲。如今在这人性解放的时代，他们终于从别人的口袋里抖落出了自己，于是被环境凹下去的部分终于呈现了凸形的反弹。从心理学的角度看，是一种补偿和对环境的报复。当他们已到了近衰老的年龄才无可挽回地发现一生中许多东西都漏掉了，最惨的是漏掉了宝贵的青春。青春的绿野早已变成荒漠，鲜花还没来得及盛开就落入泥土，青春还没有舒展就挤压成一个干瘪的符号。于是他们怀着一种悲愤对人生做最后的追补，在这一冲杀中他们所凸现的变态，我们只能诅咒那个臭名昭著的时代。

　　我认识一位年轻的朋友，她在大学期间从未交过男朋友，虽然她有好的心、好的愿望、好的理想，但却表现不出来。对于一个相貌平平的女孩子来说，其他的优势尤其显得重要。她说，她在异性面前总是不知所措，她发现她已丧失了与异性交往的能力，她只是个乖女孩……现在她已融入了大龄青年一族。

　　爱情是一所学校，爱情像一切生命体一样有她的少年、青年和老年。爱情像人一样需要一个成长的过程。青少年时代多一份情感、多一份体验会少些遗憾，会丰富自己的人生使未来的生活更健康、更丰富。人是自然的一部分，春天，花就要开放，就要播散花粉。小鸟要展开美丽的翅膀，更何况万物之灵的人。青少年正处于精神上的断乳期，对于情爱还懵懂无知，青少年的早恋，实质上是对异性的陌生，莫名的孤独和寻找理解的渴望，这与成年人的"功利"恋爱有着本质的不同。学校、家长如果要违背青春期的特点，一概围追堵截、筑坝设堤倒不如耐心疏导，寻求沟通，以免激惹起他们的逆反心理，引导他们在情绪的流变中把握自己。也许高压政策与情感指令会产生短期效应，在某种程度上维护了学校和家长的需求与利益。但从长远来看，对他（她）们健康人格的形成是不足取的。多少年以后当家长已老去，教师已拿着丰厚的退休金过着悠闲的退休生活，现在的这些孩子也许成了患心理疾患的大人。此时，谁又去呵护他们，关照他们呢！

恋爱是人生的一关，也是一门艺术。恋爱本身其实是一件痛苦的事情——这是非过来人难以明白的。恋爱如同出水痘，患的年龄愈高免疫能力愈差，并发症愈多也愈难治愈。不难发现许多四五十岁、五六十岁的人初次谈恋爱（无论婚否）那味道就像过期的、变硬的生日蛋糕。

实践证明一个人的成就更多地取决于他们心理健康，取决于情商（EQ）。情商更切近生命，学校和家庭都应从人性的角度关注青少年的情感成长、心理承受能力等诸多问题，帮助他们加强自己对生命的自知力和对情绪的自控力。学校应开设必要的课程，如情感教育、情爱教育、心理教育。可喜的是我们已告别了那个可诅咒的时代，当今社会为个性的发展提供了广阔的空间，人性美得到了可喜的张扬。我们有理由期望，未来的一代是健康的一代。

九月的家长

用"几家欢乐几家愁"来形容九月的家长,也许比较贴切。九月是金榜题名的九月,也是名落孙山的九月。九月的心绪有些复杂,九月的色彩有些混乱。

孩子考入名牌大学无论专业是否厉害,家长顿时脚底生风,好消息张着翅膀麻利地钻进了电波或乘着九月的风飘上树梢,传遍了任何一个角落里认识或不认识他的人。九月的家长,脸像刚刚盛开的苹果花,幸福地舒展着美丽的花瓣。手头不太拮据的家长,还会办上几桌,为自己为孩子浓墨重彩地画上一笔,因为他们认为这是一件最荣耀的大事——孩子为自己争了脸面。

未考上大学或未考上本科的一些孩子家长,他们的脸顿时像打上了秋霜。有的一病不起,有的蛰居不出,可怜的孩子更是背上了沉重的十字架。这些家长最惧怕最担心的是,每次外出同事、邻居、朋友迎面投来的目光,每每避之不及。当熟人嘴唇一开启,他们的脉搏就加快,血压就升高,脸涨得通红,心口直发堵,一股气直往头上冲。不幸的他们偏偏就会碰到许多热心肠的人,劈头就问,考上哪儿了?多少分?他们难为情得直想往地缝里钻,好像自己做了贼被别人当场捉住。沉沉的九月呀,像浓浓的乌云包裹着落榜孩子的父母。没考上大学,那些家长认为这是一生中最没脸面的大事,可怜的孩子已沦为家长们互相攀比、荣辱的砝码。孩子背负的使命过于沉重。家长们自己往套里钻,别人也下手往套里推他。如此如此,这简直是一座永远也走不出的围城。

上个月外甥枫枫从美国回国探亲,他是个二十二岁的青年,毕业于麻省理工学院，最近又被美国一家医学院录取。他的妈妈（我的姐姐）心花怒放，对孩子满意有加。后来我知道，他读麻省理工学院学费靠奖学金和打工解决。读医学院由银行贷款，也就是说他毕业后要偿还数以万计美元的债务。对此他坦然地说："本来就该这样，十八岁意味着独立了，再向父母伸手是很不光彩的。"我问姐姐，你的儿子毕业后就是医学博士，这不是你的荣耀吗？姐姐平淡地说，孩子是上帝的，十八岁以后还给上帝。这是一位把孩子还给上帝的家长。

我有幸认识一位军人的母亲，在洪水肆虐的日日夜夜，她很少合眼，整日坐在电视机前反复观看来自抗洪前线的报道。她一个频道一个频道寻找自己的儿子—独生子。她看着一张张娃娃脸的战士，个个都像自己的儿子，心里很安慰。当她知道儿子的脚溃疡了还泡在水里坚守在大堤上时，心疼的眼泪止不住地流。她随手抹了一把泪水说，再苦再累儿子也能挺住，自打儿子参军那天起我就把儿子交给部队了，儿子不单是自己的。有时她总觉得儿子冷不丁进来了，她听到了"妈"的喊声，她马上迎上去，用手摸了摸却是空的。她总是管不住自己，一天到胡同口张望好几回。她说儿子最爱吃炖茄子干，她每天都追着太阳晒上一大盆，等儿子回来买上两斤肉给儿子炖上。前几天我看见她在院子里铺上塑料布正在做棉被，九月的风已有了凉意，可她却流着汗。她说一过九月、十月，东北就要结冰了，日子不好过呀，得赶紧做上……看，这是一位军人的家长，一位把儿子献给国家、献给人民的军人的母亲！

你或许认为孩子考上大学是件最露脸的事，为此你搞得张张扬扬，但在军人的母亲面前，你的热闹显得很寒碜。因为你的光荣感只是你自己的感觉，而军人的荣耀才是真正的荣耀。真正的荣耀需要他人、历史来赋予，它是凝重的，也是永恒的。人们常常躁动地追逐荣耀的光环，但真正的荣耀是安详和朴素的。

压抑与释放

　　一位医生在医院里遭到患者家属（青年人）的殴打。对于这一镜头凸现的形象，我无意做过多的评判，因为它太直观了，任何一个稍有良知的人都会有公正的评判。我要谈的是不该出手的拳头是怎样出手的，我差不多目睹了它全部的过程——这是一件很令人深思的事。

　　大医院里长长的队伍，漫长的等待，污浊的空气，愁眉苦脸的人们，显然这里不是令人能产生好心情的地方。这一切令他（陌生的出拳人）坐立不安。显然他失去了耐心，也许他第一次来医院，从未体验过患病和看病的滋味，呼机叫个不停，他举起手机显然从电波的另一端传来了令他沮丧的坏消息，他带来的病人呻吟着并向他痛苦地说了什么。他愣了一会儿眼睛亮了一下，于是他满怀希冀地走向护士，声音压得很低，神情充满了谦卑和恭顺。这是我们这个社会求人时惯有的神情定势。

　　护士小姐眼皮都没抬，用一种拒人于千里之外的冷漠，伶牙俐齿地说："你从天津来，还有从新疆来的呢！你急，看急诊去呀！"护士小姐不耐烦地摆了摆她白细的小手仰着脸飘走了。这也是一种通常我们被人求时一种优越心态的定格。

　　他被人晾在那里有些发愣。

　　在生活中这两种角色我们大概都扮演过，悲哀的是我们愈是在一种角色中体验过失落，愈是拼命在另一个角色中去恶性地补偿，破坏了正常的人与人之间的生态环境，使它日趋荒漠化。

被冷漠激怒的他气呼呼地从桌子上抽出了他的病历,"啪"一声放在大夫的诊桌上。护士小姐迈着碎步追上去,"刷"一声又把病历移到外面的桌上嘴里不住地说:"到大医院看过病吗,这不是小医院小门诊部,不懂规矩回家学去!"

他突然愤怒了,把正在呼叫的BP机摔到地上,在楼道里大喊大叫粗话连篇,用脚踢打着桌椅……似乎在宣泄郁积的愤怒、焦躁和被人轻视的闷气。瞬间,整个楼道陷入失语瘫痪状态,伶牙俐齿的护士小姐屏住了呼吸,仿佛任何一点声音都会陷入更大的灾难中。

当丧失理智的他把拳头伸向医生的时候,一个镜头瞬间使陷入休克状态的人苏醒过来,让我们在这里聚焦:一位残疾患者勇敢地冲上前去遏制了他的拳头,紧接着许多老弱幼患者纷纷走向前谴责他的行为。这些虽然表面看上去虚弱的患者,但他们的精神却有一种巨大的震慑力,终于他疯狂的热度降温了,人似乎也在苏醒。

医生依然平静地坐在诊桌前没有一丝的恐慌。无论发生什么他都不会离开他的患者、他的岗位。医生向他讲着道理,那神情语气完全不像面对的是一个刚刚向自己出手的人,令我不禁怀疑刚刚发生了什么。医生充满了对人的平等和宽容。这时我突然悟到宽容是一件奢侈品,没有很高的品格和胸怀是无法购买的。

当医生从地上拾起眼镜小心地擦拭后又埋头看病时,这时我在这青年的脸上看到了一丝歉意和茫然。他内心好的东西并没有完全泯灭,他内心有一种不确定的东西。显然环境与暗示对他十分重要,他身上有一种原始的幼稚的东西,他的情绪急需引导。我们为什么不去激发他内心好的一面而去激惹他歪的一面,如果一开始那位护士小姐不是以"我是大医院的人你是来求我"的那种不平等甚至是歧视冷漠的态度来伤害他的自尊,打破了他的期望,使他感到自己不是一个被尊重的人,而是一句温暖礼貌的话,那么事情的发展完全是另外一个样。

社会上人与人的交往靠的是语言，一句话会使人笑，一句话会使人跳。我们并不需要口吐莲花，只需真挚朴素的一句话，可我们往往如此吝惜。医院像一切窗口服务行业一样，消费者不仅在这里花钱看病，同时也在花钱消费你的服务。医务工作是个流水作业过程，任何一个程序都应给患者减压而不是加压，任何大的冲突都是一些小冲突蓄积的总爆发。

但愿我们各行各业的每一个人都懂得"人是最需要被尊重的"这一最重要最简单的真理。我们不要在等待理解和宽容的时候我们却愤怒起来。我们应该有足够的耐心和信心去建立良好的人与人之间的生态环境，这是我们赖以生存的环境，因为我们每一个人都是这生物链中的一环。

1999

零的人生

　　话剧《红色的天空》首先吸引我的是它的形式，它并非采用传统的架构，用一个有始有终的故事来支撑。看《红色的天空》就像欣赏舒缓的散文，优美深沉，这在今天的舞台上是不多见的。

　　舞台上醒目的倒计时牌，呈现了生命分分秒秒流失的态势。这种理性、醒目的提示近乎残酷，但却令人警醒。当计时器直观地呈现零时，使人感到人世的种种不平等在归位于零时，人人都一样了，这是一种终极的平等。

　　舞台上展现了老人院里人生末端的种种生活状态，当人悟到生命已进入倒计时的时刻，那他差不多已迈入知天命之年。历经岁月的沉淀，老人的生命之水重新变得透明澄清，他们老了，他们依然会制造快乐，他们知道不久就会离去，他们依然唱着美丽的歌曲。舞台上的汽笛声提示我们每个人都乘坐在生命的列车上，有人上车有人下车，循环往复，这就是生命的秩序。就是帝王也无法打破这生命的秩序。严格地说，这部戏是写给中年人的，因为老人已不适合你用生命的时间来敲打，他们的敏感和时间不应该承受这生命之重。青年人的骄傲使他们远离生命的列车，青春的快乐就是青春，让他们先乐吧！中年是危机的年龄，中年在社会的舞台上搏击，冲浪翻卷，红尘滚滚，东奔西突……

　　中年的生命之水是混浊的。《红色的天空》会启发你，放慢你的脚步，气定神闲地欣赏路边的风景。看见树林你一定要进去，呼吸清新的空气；看见路上的陌生人你要前去搭话，他会告诉你另一个村庄另一种风景。不要匆忙赶路，不要只顾拼命赚钱，路的尽头是一样的落日，一样的苍凉。生命是体验，不是理论，它不要解释，只要你好好活着，好好活着生命就会枝繁叶茂。

春风中的黄昏

在灰蒙蒙的街上我经常看到一些退休的老人，他们聚在楼前的破沙发上或聚在电线杆底下的某个角落，悠闲地晒着太阳，听着挂在树上、用铁丝制作的鸟笼子里的鸟儿的鸣声。他们东一句西一句地闲扯着：鸟市、鱼市、股市、下棋、养花，惦念着《北京晚报》登出的那个从香山摔下的孩子的健康，关注医疗保险，议论着科索沃的战情、北约的轰炸、南斯拉夫的英勇。一位戴着礼服呢小帽的老人轻轻地吹起了口哨，一听便知是前南电影《桥》的插曲："啊朋友再见，啊朋友再见……"春风伴着迎春花的芳香把口哨声送得很远。另一个声音说：南斯拉夫真是好样的，天上有北约的轰炸，地下就开露天音乐会，身上还穿着印着靶子的衣服，意思是向我开炮……

老人们热火朝天地议论着，在他们布满皱纹的脸上绽出了生命的活力。另一个声音说，大老李春节前进了医院，没赶上回家过春节就奔八宝山了。老人们七嘴八舌地说，大老李走得太快，还没讲完那个笑话就走了，不过没受什么罪也没拖累别人，也没花多少医疗费就算是个有福人呀，谁都有这一天，就盼走时别遭罪。我很惊异他们在生命的末端，太阳快要落山的时候，对生命所表现出的镇静、超然、从容与乐观。我读过许多有关生命哲学的书籍：老子、叔本华、萨特……他们对此远达不到这种纯然的境界。也许这些老人文化程度不太高，他们不是哲学家，他们没有理论——但他们知道。也许他们不会写诗，但他们心里有诗。

我知道有一些文化人并且有些行政头衔，年龄已过花甲，一提起退休如同走向刑场，尽管他们也写过一些淡泊名利的美文，但那只是纸上的东西没有分量。为了拖延退休的时间，他们往往会"死缠烂打"，或要扩大住房，或要跳长一级，或要等着分红，或要出国考察，或要电视台再为他做一个名人访谈的节目。这种欲望如果出自一个年轻人或许可以原谅，可如果出自一个历经岁月的老人就不大对劲，他好像没有成长。一些有点权力的人舍不得权力带来的种种方便。被权力腐蚀的人难以回到抛弃名利的生命纯然的境界。

真正的退休就是完完全全退下来，全身心放松干自己爱干的事想干的事，再不会为早起上班而耽误享受每一个阳光灿烂的早晨，生病的日子不必为考虑工作而沮丧不安，也不会在躺倒的时候产生一种生存的恐惧。退休的日子是一种单纯、个性自由的生活，这是生命的星期天。

人的一生如同四季：春种（出生至二十岁）夏耕（二十至四十岁）秋收（四十至六十岁）冬藏（六十岁及以后）。人当进不进是自暴自弃，应退不退是自不量力，人是自然的一部分。自古英雄出少年，长江后浪推前浪，人老了也要有形有款，不能一败涂地颓然地老了。当年轻已经过去再试图表现年轻，那是一种荒诞。

每一件事每一个人都有他的季节，他的片刻，千万不要不合拍，不合拍就是混乱，而混乱是丑陋的，和谐与尊严是美的，尤其对于退休的老人。

1999.4

遗嘱是死亡的背景音乐

我们常常忽略生死是怎样来临的,死亡不是生命自然的终结,而是对生命成功的偷窃。所以我们必须适应一种没有确定的生活,我们必须尽早尽可能地过好每一天。死亡是一个高级窃贼,它偷窃生命的手段隐蔽而迅猛。每当想到这,我们就会感到我们的生命是多么的脆弱和短暂。

很多时候,我们对此缺乏应有的警觉和悟性,我们习惯于根据已经做好的时间表来生活,所以我们喜欢闹钟、日历、日程表,想知道已知的和未知的会在哪一天发生,于是我们在日历上做各种标记。难道生命就如此乖乖地任你摆布吗?对于生命,很多时候我们是束手无策。

我知道一位叫西西的小姐,她二十三岁大学毕业时对我说,先工作几年,然后再读硕士、博士,三十五岁时买一所大房子和一辆本田汽车,然后与丈夫、孩子一起周游世界。她认为生活本该是这样的,但就在她三十岁那年,她患了晚期肺癌,她死了。她的生命里没有三十五岁,三十五岁是她活着时的一个梦。

就在她三十五岁生日那天,我在她青春的墓地上,献上了三十五朵百合花。她最喜欢百合,美丽的百合花在风中孤独地开放。我对她说,西西,你是幸福的,因为你的生命里没有疲劳的中年和衰老的老年,你是带着青春的美貌、青春的梦想、青春的露珠走进了天堂,你永远是年轻的。可是我到哪儿还能见到她呢?

我知道一对夫妻,我亲眼看见他们的家庭怎样千辛万苦地建设起来,又迅速倒塌死亡的过程,就好像是在海滩上盖起的房子,刹那间被冲上的海水淹没了。

这对夫妻应该说是普通的有缺点的好人,我之所以说他们是好人,是因为他们并没有恶意地害过谁,尤其是对于一个已经死去的人,我更愿意这样认为。

这对夫妻是丁克家庭,过着宁静的生活。

然而就在妻子五十二岁那年跳楼自杀了,没有人知道为什么,有的只是猜测。她没有留下遗嘱,自杀是一种选择,是一种有准备的死。她本应对自己的后事有所参与和安排,包括房屋、财产、葬礼的形式……甚至可以在最后的时候,把自己打扮得漂漂亮亮,把房屋收拾得干干净净,给阳台上的一串红浇上水,最后一次看太阳落山时将天空染成琥珀色……也许这样她的心情会渐渐变好,与死亡的约会也可以雍容与悠闲。

令人不可理解的是,她太着急上路了。人生的一切都可以着急,唯独死亡不必,因为人活着的时间很短,但死亡是迟早的定局。

这个女人曾为了生存,为了更好地生活,而历尽辛劳、千方百计地在各种关系里周旋,并周旋得游刃有余。她的心也曾被揉皱,被委屈,因为她毕竟没有背景,没有资历,也没有权力,仅有一些对自己容颜的自信。

我总觉得她最后对死亡的选择是一种偶然,因为她用死的办法把人生的沉重、复杂、痛苦用速解的方式扔掉了,这似乎并不太符合她的心理逻辑,因为她活着的时候,那样费神、费心,为活着付出了很大的代价。其实她完全可以不必那样苦心经营,不必结交那样多的人,看开一点照样可以活得不错。这说明,她对生有一份执着心。一个对死看得开的人对生更应该通达。这时,我真的相信人生也许真像飞蛾扑火一样,像谜一般。

她没有留下遗嘱,就这样匆匆地上路了。她除了有丈夫以外,还有时时关爱照顾她的兄弟姐妹,但她没有留下一个字,没有留下一件遗物。

她死后的事令我想起《红楼梦》中的"好了歌"——

世人都晓神仙好，唯有功名忘不了！
古今将相在何方，荒冢一堆草没了。
世人都晓神仙好，只有金银忘不了！
终朝只恨聚无多，及到多时眼闭了。
世人都晓神仙好，只有娇妻忘不了！
君生日日说恩情，君死又随人去了。
世人都晓神仙好，只有儿孙忘不了！
痴心父母古来多，孝顺子孙谁见了？

几个月以后她的丈夫便与一个四川打工女结了婚，过上了如胶似漆的幸福生活。他们出双入对，手拉手，肩并肩，腰靠腰出出进进。那男人的脸上泛着一层红光，甜蜜地爱着他新婚的女人。真是俗话说得好：一房臭，二房香，三房赛个活娘娘。真是"昨日陇头埋白骨，今宵红灯帐底卧鸳鸯"。

终于有一天，死神忍耐不住了。死神向这个男人发出了特快专递加急签证，死神对他的生命全面围剿了，要他越过无数排在他前面的人群，火速报到，没有任何延期的可能。死亡像一把寒夜闪着寒光的利剑向他劈去，他来不及躲闪就倒下了。

这个男人没有来得及留下遗嘱，他本该有他的愿望，他也有他家族的许多亲人。

这个在"文革"苦难中挺过来的家就这样瓦解了。这个家里没有任何东西属于这对夫妻了，也不会属于他们的家人，因为只有这个结婚半年的四川女人是财产唯一合法继承人。他们苦熬苦奔了几十年原来是为了给别人置家产。人们都说这个四川女人好福气，半年的时间就混上了百万的家产。

这个男人从未想到过死，他以为他可以永远幸福地活下去，这对一个六十岁的老人来说过于乐观了。他没有任何心理和时间的准备，所以他无法参与自己的归天之旅。

死亡是人生这场戏的最后一幕，应在优美舒缓的背景音乐中，从容地把幕拉上、拉好。这个背景音乐就是遗嘱，没有遗嘱生命就不完整。遗嘱是生命最后奏起的晚钟，没有遗嘱活下去的人就会有战争与混乱，死后的灵魂也得不到安宁。人们必须赶在死神到来之前行动，否则太晚了。

遗嘱是人的最后一次大胆地表达意愿的宣言，遗嘱是人的个性、理想、愿望、爱与怨最后的表白，即使最弱小的人也会变得强大。死亡是与人关系的结束，死亡是与生活彻底疏离，也是绝望的沉沦。遗嘱不必在意活着的人的脸色，不必再哄着别人乐。一个要死去的人是无所畏惧的，遗嘱是一种安排，可以表达爱也可以表达恨，它是人生最后的安魂曲。

要记住，遗嘱必须在死后才能揭秘，这是最吸引人的地方，最让活着的人难以忘怀的经典。

至于那个四川女人，依然住在这对夫妇给她购买的大房子里。房子明亮、宽敞，一地的灿烂阳光，只是又多了一个男人。他们生活得依然甜蜜，阳台上的花开得依然艳丽，这时我又想起了《红楼梦》里的"好了歌"：

世人都晓神仙好，只有娇妻忘不了。

君生日日说恩情，君死又随人去了。

每当走到窗下会传来新人的笑声，有谁还记得旧人的哭声。

2002

万物最终必成空

我从未见过林悦悦有什么喜悦的日子，我亲见看到她的一生是多么辛苦，多么贫穷。我相信人脸上的东西会告诉你许多生命的信息，无论俊丑，也无论年少年老，而林悦悦的脸上印满了一个大大的苦字。

在她缠绵病榻的时候，所有的亲人都背离了她，所有的朋友都远离了她。我常常想：她是怎样活下来的？这是勇敢还是对红尘的贪恋，抑或是一种惯性？当活着变成一种折磨时，这实在是一道不可思议的难题。她平静地说，活着和死了是一样的。

其实她作为女人什么都不缺：她读过大学，有一份体面的工作，有丈夫，有儿子，有女儿……当然有时候她忘记了自己。在她生命最后的十年也是她生命最困苦的时候，她曾拥有过的东西都没有了。这些东西她曾奉为宗教。当她想哭泣着想靠一靠的时候，这些亲人轻易地被风吹跑了。在困苦面前亲情显得那样单薄，单薄得没有重量。如果她依然健康，依然能为亲人煮鸡汤、炖排骨、包饺子、搓澡、洗衣，熨展每一件衣服……亲人就会聚拢在她的身边。而现在她是一个生活不能自理、需要花费别人时间、需要被人呵护的病人。如果人有商品的属性，这时的她就大大地贬值了，迅速地报废了。一年二年三年……十年，亲情变得不耐烦了，变质了。其实在情感的银行里她本应有许多储蓄，可悲的是别人抽掉了她的本金。人世间的许多事是说不清的，爱与不爱在没遇到事情的时候常常会被日常的日子淹没。灾难来临的时候抓住的只有自己的衣服，甚至自己的手都不听使唤了。

尽管她付出了许多，尽管她心地善良，但她的一生是失败的一生：在家庭，婚姻是失败的，作为儿女的母亲是失败的；作为社会人事业上也是费力不讨好，大学毕业几十年也没混上个高级职称，在单位没有分过半间房子；经济上临终时存折上只有两千元。她很倔强但又太脆弱，一碰就碎。她似乎不太懂得人，与人交往不懂得城府，作为女人勤劳有余妩媚不足。她过于相信正义善良的力量，过于相信一成不变的真理。昨天的真理也许是明天的谎言，今天的社会是很功利的，是以成败论英雄的。

日常生活以经济为基础。她为了表示自己的尊严与要强，为了支付家里的开支她用掉自己的工资与存款，而丈夫的工资只象征性地拿出一点点，她从不过问丈夫的经济，当她丈夫提出离婚法律要界定财产时，她竟然不知道丈夫有多少存款！当感情山穷水尽的时候，金钱也山穷水尽了，身体又垮掉了，这样这个要强的女人的一生彻底输掉了。她用她可怜的退休金应付着药费、保姆费，实在难以为继。在病床上的她，已经没有眼泪了，她的样子有一种令人恐惧的绝望，但没有仇恨。俗话说女儿是妈妈的贴心小棉袄，然而她的女儿在她最无助的时候竟然又踹了一脚，女儿在既不给妈妈钱又不照顾妈妈的情况下，竟然要卧病不起的妈妈和爸爸离婚，要妈妈去临终关怀的地方。这怪谁呢？当然是她教育的失败，她太溺爱女儿了，要星星就给月亮，含在嘴里怕化了，捧在手心怕摔着。她从未教育女儿关心别人，爱别人。在女儿的记忆里妈妈就是家里的保姆。也许女儿继承了父亲的基因实用与功利。女儿的许多事情是父亲通过关系办成的，在她的眼里父亲是成功者，即使是流氓也没关系，她认为在社会上用流氓的办法比用君子的办法更能奏效。而母亲在她的眼里是个失败者，虽然妈妈是个老实善良的人，但在她的世界里说谁老实善良就等于说他是个废物。她认为母亲是一个令人厌烦的包袱。所以她远去了，从此没再回来，更没有给母亲寄过一分钱。社会上人际关系的学问同样适用于家庭，这是善良的林悦悦连想都不敢想的事。世界上最大的骗局也许是亲情，也常常是女人的陷阱。她把自己的一切都给了别人，自己还剩下什么呢？！当自己什么都没有了，别人就不再搭理你了。

她突然死了，死得很惨。许多人都说她可以解脱了，这是件好事。但谁又知道她六十多年曾经做过怎样的梦呢？

她的丈夫把葬礼办得很隆重，布置了一个像模像样的舞台，她丈夫站在舞台的中央，哭得很真诚。在哀乐的环绕中他被感动了，许多人也被感染了！当罗纳尔多在球场的舞台上表演经典射球时，他在葬礼的舞台上准确地把握了角色的定位，他的人品在这一瞬间突然变得高了起来。他为什么会哭呢？可能有悔恨，有深层的喜悦，有长期压抑的解脱，也会有一些感情，最重要的是他明白这是一个证明自己的舞台，唯一一次可以在众人面前用眼泪表白自己的告别演出。应该说他是一个出色的演员。

林悦悦生前是一个希望被人关注的女人。她的一生有两次是人们目光的聚焦点，一次是婚礼，还有一次是葬礼。生前她的床前已变成了荒凉的墓地，她凄苦地望着窗外的人流，但没有一个人会走向她，但她死后的一天，她的四周突然变成了热闹的市场，人们把深情的关怀、美丽的鲜花、足够的赞美都给了她。置身其中你会深深悟得"人生如戏"的意味。

林悦悦很害怕离婚，她不喜欢没有丈夫的女人，她看重女人的清白，她把结婚看成女人的名分。所以她苦苦地坚持着，带着永不放弃的决心去坚持她的理想，当她发现坚持也是无望的时候，她带着她的女人的名分离开了这个世界。

如果生命是一条河流，当河水最终流尽的时候，我们站在苍凉的沙滩上，去追溯她曾流过的地方，我们会突然发现：我们精心设计的人生，我们呕心沥血地挣扎，我们对家庭的希冀，我们对儿女渗入骨髓的挚爱，原来都是空的，原来人生的历程就是从零到零。

一切都沉寂了。只有远方的杜鹃滴滴哀鸣："万物最终必成空。"

2002

"酷！"松糕鞋

穿松糕鞋的女人看上去很酷，脚下感觉很苦，脸上佯装很乐。酷、苦、乐这是穿松糕鞋的三种混合感觉。

"酷"和"乐"是包装给别人看的，而"苦"是实实在在留给自己的。

松糕鞋外形很卡通，或圆头圆脑或方头方脑或楞楞正正。松糕鞋又像一个酥软多层的大发糕，惹人喜欢，惹人疼爱，这是商家的包装。

女人是时尚忠实的追逐者，在五彩缤纷又迅速变换的时尚中，女性显得沉不住气，经常坠入盲目追逐的陷阱中。有时为了追逐一种虚假的不真实的美丽，付出了痛苦和健康的代价，可见时尚的女人不一定是智者。

松糕鞋最吸引女人的地方就是它的厚度，日本人称松糕鞋为矮子乐。试想一位身高一米五六的小姐，加上十厘米的高度，就会在视觉上产生修长而美丽的效果，而这种效果正是借助松糕鞋的道具而实现的。

松糕鞋又称死亡之鞋。我曾试穿过松糕鞋，完全没有脚踏实地的感觉，一不小心就会失去重心。松糕鞋有些类似清朝妇女穿的那种花盆鞋，想来穿起走路一定十分辛苦，仪态又要雍容大方，实在难为人，令观者同情。

松糕鞋最致命的弱点是没有足弓，何谓足弓？当我们赤足走在海滩上会留下一行脚印，而中间是空的，这地方就是足弓。足弓起稳定支架的作用，让脚趾自由地伸展，并有缓冲的效果。松糕鞋丧失了足弓，人就失去了平衡，极容易摔倒。

一些制鞋商很会揣摩人的心理，把营利赚钱当成他们唯一的目的，抓住了女人求高想美的心理,盲目拔高,把安全、健康置之于不顾,能赚一把就赚一把,能火一把就火一把,不管那么多。

一般的情况下,鞋跟不能超过三厘米,高于三厘米脚就要受到伤害。社会、商家都应倡导科学健康安全的生活方式,这才是"美的新概念"。

在城市的地平线上,徜徉着东西南北八面来风的种种时尚。在波光潋滟的流行浪潮中,女性应以理性的目光,健康的心态,对时尚做出理性的选择。

1999.11

红色罚款单

去年我共收到10张红色婚庆请柬,我戏称为"红色罚款单"。它放在兜里让我觉得发烫,心口一阵阵发紧发慌。因为无论从情理还是从世俗,我都不能轻松,既不能红口白牙两手攥空拳直赴婚庆,又找不到一种省钱又省事的好办法来逃脱,真是急煞了我,血压一个劲地往上顶。如今这年月人情是用钱堆成的,我又不能钻进地缝里去免俗,送钱的多少又是一个难缠的问题:

200至300元不出手,
400至500元冰上走,
700元嘴开,
800元眉抬,
900至1000元双眼才睁开。

如果按这个行情,这10张红色罚款单非让我连房子都做了抵押不可。被迫无奈的我竟说出了:"你们就只当我死了。"

由这红色罚款单,我又想到了一年一度的春节。春节令孩子们笑逐颜开,却令手头拮据、下岗失业的家长无奈。不给压岁钱吧,这习俗是从老辈子传下来的,况且别人家的孩子都有压岁钱,相比之下又怕自己的孩子心理不平衡;给吧,所有给你拜年的晚辈都要给他递上一个"红包",少了又没面子,基数又这么大,又是一笔让人犯愁的数。这种被动消费,真是穷人的鬼门关。

还有一种更可怕的消费——灰色消费：如托人找关系办事，求人解决眼前的难题，孩子入托、上学，住院做手术……这种功利性极强的消费，就如同一张血盆大口，一张嘴不吃你的骨头，也得喝你的血。这种灰色被动的消费不仅仅是世俗，同时也反映了我们法制的不够健全，或者执行监督力度不够。这种人吃人的流血消费显然是违法的。我国医师法明确规定医生不得收病人的红包，据我所知仍有不少的白衣天使在暗箱操作，这是对法律的公然践踏。

这种人情消费、被动消费应愈少愈好，以减少人的经济及心理压力，而有利于身体健康和社会的稳定。这种消费的怪圈，究竟是谁勾画的？答案是我们大伙齐心协力共同编织共同勾画的，然后我们一个个又老老实实地往怪圈里跳，而且愈跳愈深，愈跳愈高，最后那怪圈就变成了一座阴森可怕的囹圄，而我们就是囹圄中的囚徒。如果我们每个人都能从我做起，勇敢地冲破囹圄，做个解放的囚徒，这个怪圈很快就会千疮百孔，不久就会土崩瓦解。

2000.2

一个男人与两个女人在柏林

巩俐成了世界电影节的主席,张艺谋带着年轻的章子怡接受巩俐的颁奖,这十分富有戏剧性并且也十分有趣。

北京有线电视台"中国娱乐报道"有"柏林归来巩俐有话要说"环节,从巩俐的只言片语中我可以感受到男女情感中深切与丰富的纠缠,并且具有人性的普遍意义,令我不禁想起一句著名的格言"爱是不能忘记的"。

巩俐以她一贯"沉默是金"的低调,更令人关注。她对与张艺谋的分手从来不置一词,她高高兴兴地与她的新婚丈夫过锦衣玉食的生活去了,这是巩俐的机智,也是巩俐的洒脱。巩俐从不执着于个人的私事,更不觉得这些私事与她的电影有什么关系。然而这次巩俐从柏林回来,这个一贯在媒体中沉默的女人,却忍不住有话要说了:"十年前《红高粱》在柏林荣获了金奖,我没有去,因为没有必要去,一部影片集中体现的是导演的艺术思想,同时导演也代表了剧组,这是集体劳动的成果,我没有必要去。"但章子怡去了,章子怡随着张艺谋隆重地登上柏林的奖台,接受巩俐郑重地颁发银熊奖。这是张艺谋、巩俐分手后,在全世界的注视下第一次面对面地微笑,笑得意味深长。在这一地三人中,章子怡的心情最简单,兴奋无比,快活无比,光荣无比。张艺谋与巩俐的事与她毫不相干,所以章子怡十分轻松。我不知道章子怡是否清楚,她的一夜成名,得益于张艺谋制造的神话。张艺谋有着化腐朽为神奇的魔鬼般力量,最令章子怡兴奋不已的是她望着巩俐的辉煌,仿佛看到了自己的辉煌,不久的明天会更加辉煌。当然章子怡有理由充满信心,因为章子怡的起点比巩俐要高。这个起点是张艺谋这块基石,因为此时的张艺谋不是彼时未曾发达,诸事难料的张艺谋。岁月过去了十年,此时的张艺谋双手捧来的不是金奖而是银奖,不知这是否意味着倒退。巩俐说,中国的片子内容太窄太单薄,西方只用极低的价钱去购买。

由此看来巩俐的心依然在意着张艺谋,对张艺谋的情愫依然绵绵。记者问:"当宣布中国影片《我的父亲母亲》获奖时,你是否有意省去了张艺谋的名字?"巩俐镇静地说:"不!这是规定。"规定可能是规定,但我想巩俐的内心还是怕触动"张艺谋"这火热的三个字,触动时,她的心也许会有些疼,有些难受,而些许的甜蜜,则是深掖心底。她与张艺谋初次合作《红高粱》时,张艺谋还不是一个点石成金的大导演,也就是说他们的感情是非功利性的,是纯洁的。我不知道那是不是巩俐的初恋,但我觉得是张艺谋第一次火热地爱上了一个女人,这个美的女人点燃了他艺术的火焰,并从此熊熊燃烧起来,为此张艺谋抛妻弃子与巩俐走到了一起,这不能不说有些壮烈,有些凄美。

今天的张艺谋带着章子怡走到巩俐的面前,章子怡模仿着巩俐"威尼斯影后"时的着装,在柏林的舞台之上展示着她的青春与美丽。但章子怡远不如巩俐丰满与有质感,巩俐有一种金属般的力度美。三十多岁的巩俐好像读懂了站在她面前的初登领奖台的章子怡。巩俐对她微笑了,那是主席尊重的礼貌的微笑。

如果这个穿着红色拖地裙的章子怡,能悄悄地待在北京等待着张艺谋的归来,巩俐面对的只是张艺谋一个人,那她的感觉会有些不一样,会多一些柔情,多一些伤感,多一些难言,那将是一次温情的见面。但张艺谋是一条硬汉,他决不会光棍一条见巩俐,他要带着章子怡。从内心深处看,就像是一次憋足劲的较量,也像一场没有硝烟的战争。张艺谋一个五尺男儿要对巩俐真情告白:我把你捧红了,你甩手走了,嫁夫找主了,把我晾了,现在我又捧红了一个比你年轻十岁的漂亮女人,我还把她领到了世界的舞台。这个漂亮女人在某些方面有些像巩俐，但巩俐的俏丽、丰韵及脱俗之美无人能企及。

张艺谋是决不愿以一个王老五的形象去面对嫁夫找主的巩俐，这是男性的自尊，也是男性的执拗。所以章子怡是一个必要的道具，可见张艺谋有很深的巩俐情结，也可见情之深、之初、之怨如油裹面永远剥离不清。

至于那个章子怡，在巩俐的映衬下，则像一杯淡淡的柠檬茶。当然，她是走运的，但以我的偏见，她不可能再造巩俐的神话。一个神话的诞生，固然需要一个造神的人，但更重要的是有许多幸运点结成一条线。画线的人就是上帝，上帝的脾气反复无常，酒喝多了就喜欢在这条幸运线上撒泡尿。所以这个上帝的脑袋在想些什么，没有人能够知道。

2003

我在美国求学求职

夏阳口述　申力雯撰文

今年（2002年）对于我来说是有非常意义的一年。这一年的夏天我获得了医学博士学位，并且马上就要去纽约一所大型医院工作。令我骄傲的是整个大学八年，我没有向家里要过钱，在麻省理工学院我用的是奖学金，在塔弗茨医学院我用的是贷款。尽管我现在欠债十多万美元，但我完成了学业，并锻炼了我独立生活的能力，今后无论遇到什么困难，我都会对自己说："靠自己，我都能挺过来！"

我17岁来美国，当时我的妈妈已在美国定居，她去美国之前是北京一所重点大学的教师。她一直很敬业刻苦，来到美国之后妈妈依然在大学里工作。我的母亲不是一个传统意义上的中国母亲，她对于子女的教育及抚养一直很美国化。记得我到美国一下飞机，妈妈就在机场对我说，在美国读书一切都靠自己。我牢牢记在心里。在麻省理工学院我获得了化学学士、生物学学士，贷款了2万美元。考入塔弗茨医学院后，贷款14万美元。一般情况下，美国医学院的奖学金政府是按人口的结构来设置的，即人种数量与医生的比例，每一个人种都应有相对应自己的医生。如印第安人、黑人获得奖学金的机会就多。我们班的同学大多数是贷款读书的，当然我们也打一些工。假期我们常常去旅游，尽管我们都背着债务，但丝毫不影响我们愉快地学习与生活。

从医学院毕业后，我面临的就是求职。在美国医生很少有失业的，美国医生的就业根据市场进行运作，即退休的医生与毕业的医生基本是对等的。

求职的面试很重要，面试时院方问我，为什么要选择医学，是你所热爱的吗？我回答说，在麻省理工学院读书时，我的理想是毕业后从事研究工作，一个偶然的机会改变了我的想法。我有一个朋友他在医学院读书，他自发地组织了一个义诊活动，地点是在中国城的一个教堂，免费为中国人和没有经济能力的人看病治疗，想请一个英语流利的人做翻译，于是我便去了。在与患者的交流中，我感受到了他们的痛苦及对生命的渴望与热情，很触动我。回来以后我久久不能平静，我终于发现医生才是我最喜欢的职业，而我也一直坚持在那里做志愿者。

麻省理工学院毕业后，我考上了塔弗茨医学院准备实现我当医生的梦想。医生的综合素质要求极高，有平等、善良、耐心的品质，能够把自然科学与社会科学的知识融为一体，医生要有了解人的愿望与悟性。为此我读了大量书籍，我最爱读的是关于心理学与美学的书。医生的天职是减少患者的痛苦，改善患者的生活品质，医疗可以改变一个人的命运，可以影响到一个家庭的幸福。一个优秀的医生可以比较深层地影响社会。

当问及我有什么爱好时，我说喜欢国际标准舞，我认为跳舞不仅可以调剂我的心情，让我更好的认识生活，而且许多时候内心的感情用语言无法表达，可以用肢体语言来表述，这样有利于身心的健康。跳舞是艺术，艺术是相通的，通过跳舞我喜欢了绘画、音乐……它们使我感到愉悦。医生的工作是紧张和充满压力的，所以积极的生活态度很重要，跳舞是一种调节身心的途径。母亲曾担心我会因为喜欢跳舞，院方会认为我心情浮躁，耽误学习。其实不然，美国人喜欢个性，世界本就应该是万紫千红的。美国人最讨厌的就是撒谎，在美国诚实是最重要的品质，尤其对于一个医生。

谈谈你个人的生活理想，院方又问。

我想做一个在社区比较有影响的人，我要参加社区的建设，使社区的环境更加美好，把华人的社区建设成一流的，为华人争取利益。把华人团结在一起，社区就像一个大家庭，我作为一个医生要为社区的居民进行健康教育和健康管理。提高社区居民的生存质量,为他们节省医药费,让人们的生活更健康更理性,要实现多层次的价值。

但凡世界上的事都要有经济实力作为基础。在美国医生的报酬相对是不错的,一个实习医生年薪3-4.5万,第二年是5万,专科医生起薪是10万,一般是20万。医生一进入医院,院方即为医生提供一套私人公寓,一年有四个星期的假期并提供牙科保险,这些条件足可以使一个医生有尊严地生活。当然有机会我想去非洲当志愿者,为那里的老人儿童提供医疗援助。

美国社会的用人单位极重视面试,他们力求把面试变成一次轻松自然的谈话,决不出怪题,也不涉及个人隐私,目的是要展现一个真实的活脱脱的人。通过面试,用人单位认为我是一个诚实快乐的青年。我顺利地通过了这一关,最终被医院录取。

2003

朋友借钱

我在金钱上的观念是不向别人借钱，也不借给别人钱。这确实是经验教训的结果。

我素来没有向朋友张口借钱的习惯，借钱不仅是一件很没面子的事，而且会导致两个结果：一是欠朋友的钱；二是欠朋友的情。钱与情的债务叠加在一起我实在是难以承受之重。

我以为朋友之间最好不要有钱上的事情，本来还算不错的关系常常会轻而易举被一个"钱"字颠了，这可见钱的重量不可小视。当然如果朋友有急用，钱数又不多，我会说明钱拿走，不一定要记住还，这样钱一出手，我就只当它丢了，不再牵肠挂肚地惦记了，以免受思念之苦。

生活中一些资深借钱人，向你伸手真是有办法，不仅情词恳切还颇有心理攻坚术，直把你逼得如不通融就是狼心狗肺之徒的感觉。可当钱一出手便遥遥无归期，从此自己陷入了漫长的等待之中。每当我一想到向债务人索取欠我的钱款时，爱面子的我马上心率就加快，血压就升高，耳朵就鸣响，见到债务人，自己的脸就发烫，原本准备好一肚子的话，一向伶牙俐齿的我竟然变得笨嘴拙舌了。我直纳闷儿为什么钱一旦出手，债权人怎么就沦为债务人了！反过来债务人变成了理直气壮的债权人了！这种角色的互换是只在一瞬间完成。不仅是钱，还有藏书，它们一旦被别人索借，很少能指望璧还的，即使侥幸归还了也早已面目全非，惨不忍睹，我心疼得泪水淋淋。

一来二去，不傻不蔫的我对此进行了反思：朋友向自己借钱，应有两个原则。一是量力而为，二是认真评估。量力就是实事求是，不打肿脸充胖子，绝不因借给朋友钱而使自己陷入拮据的境地。评估就是评估关系是否到位，还要看此人是否有偿还能力，是否有占便宜的恶习。如果评估不到级别，不能过关，就应理直气壮地说不。

另外应该明白：朋友是朋友，金钱是金钱；借就是借，还就是还；朋友之间可以愿意，绝没有义务。这些概念都应论清。所以朋友借钱一定要"公事公办"，借条一定要打，并要说明还钱的时间，以强化自我安全感，又可以免去彼此尴尬之苦。由借钱想到朋友之间相处实在是一门学问，并有它基本的游戏规则，如果我们不清不楚含含糊糊，往往会发生尴尬，甚至险象环生。朋友是否是资源、是温暖、是友谊、是欢乐，这要靠我们认真去经营，尤其在今天这样一个社交空前活跃的时代，决不可忽视。

1999.10

交友距离

突然之间,你会发现人与人之间的接触呼呼啦啦地多了起来,现代社会人与人之间需要更多的信息,更多的互通有无,于是空间一下子变得拥塞了。当今正是社会转轨时期,价值观念如此多元,如此怪异。生产与生活的竞争,使人的内心产生各种各样的困惑。内心的荒凉与孤独需要向朋友倾诉,于是朋友这种称谓骤然间密集起来。

朋友在认知和接受上都难免主观,不像师生、父母、手足那样明确了然。世界上任何一种事情都有自己的规则,遗憾的是许多人不懂交友之道,常常把朋友这种本来就脆弱的关系,搅得很尴尬。

电话是一种通信工具,有人自以为是地认为朋友关系便可以随时拨动话机,甚至是在午夜也可以为一介小事而喋喋不休。他(她)或许因宣泄而畅快了,而对方却因这突发的闯入彻夜不眠,次日的工作又该如何应付?

家是属于自己的空间,绝不是别人可以随便出入的公共场所。家具有鲜明的个人属性,有时别人的随意造访即使出于好意,也会使我们的生活秩序全部被牵动。这种人情的交换,会使我的心里感到很紧张。

家中的藏书、激光唱盘也像家中其他东西一样具有个人属性。造访者不得因它具有文化审美娱乐属性就随意借取甚至名借实拿,这给主人的工作生活带来许多不便,这样的朋友我便觉得是一种负担了。

生活本来就紧张,时时还要戴着面具,在外应酬好像穿着高跟鞋走长途。和朋友在一起的感觉好像是换上了宽松的衣服踩着软软的拖鞋,靠在沙发上喝着柠檬茶。朋友的可贵在于轻松自由，最不可取的就是强求霸占。

距离是维持朋友关系最重要最微妙的空间，一旦空间被挤压被侵占，友谊的大厦就会倒塌。遗憾的是有些人不善于调整距离，恨不得朝朝暮暮泡在一起，这便犯了交友的大忌。

朋友之间长久相处的秘诀就是距离，绝不是频繁的接触。人像刺猬一样靠得太近就会相扎，离得远一些就会有一些牵挂。

世界上没有一种关系可以是永远不变的，朋友是一种随时可以改变的关系，也是一种难以真正确定的关系。古人云"君子相交淡如水"，这是一句朴素的真理，当人忽略了"距离"就会使朋友之间轻松自如的关系变得紧张、压迫，充满了危机。

朋友之间最高的境界是像淡淡的清茶，浅浅的溪流，没有要求，没有利害，没有是非。相聚只因随缘，好像在春雨中的竹楼里品茶浅谈，又好像在大雪纷飞的冬日围着通红的火炉促膝谈心，品尝着火锅中翻滚的羊肉片、舒展的白菜、白嫩的豆腐。

朋友之间忘记距离，人就失去了自己的空间，会有窒息之感，甚至有一种被侵略的感觉。人最终和更多的时候是自己与自己在一起，那是最平静、最永恒的时候，在自己的空间里可以养伤、可以充电、可以修复、可以反省、可以放纵自己的身心，朋友则是一种随意性的调剂和需要。

朋友之间的反目，经常可以听到，"我对他如何如何，没想到他让我这样失望伤心"。而这只能怪你自己，因为对朋友是不能有要求的，一丝一毫都不能。朋友之间，一切出于自愿，能够帮助别人是件快乐的事，何必图人所报？朋友的聚散离合随时间空间的变化而变化，不要在变化中索取一份承诺。

朋友之间绝不能过问金钱之事，当然不是说朋友之间没有通财之义。如果确实有急难，总要对方主动解囊相助，千万不可主动张口，否则让朋友为难，不仅使自己平添了一份难堪，又使彼此的关系陷入尴尬。

尽量减少朋友的麻烦，除非迫不得已，能住在旅馆，不要住在朋友家（除非旅馆太不安全）；能在饭馆吃饭不要在朋友家进餐（除非朋友相邀在先）。凡事多为别人想，不必抱怨人情太薄，人情本来就是一件季节性的外套。

在现代社会里，竞争激烈，谋生不易，收入有限，空间狭小，时间和精力都显得不够支付，我们尽量减少朋友的负担，不要抱怨朋友，因为他们自顾不暇。

至于那些来往密切的朋友，不外乎有两种情况，一是深知，二是容忍。

如果你用挑剔的目光，去挑选十全十美的朋友，那你将没有一个朋友。

朋友，让我们一起成熟起来，牢记交友之道——距离。

1995.10

女性包装

女人是爱打扮的,这是无须多说的事实。女性的包装心理无非有两种,一种是取悦男性,一种是表现自我,就总体而言是欲望的流溢。尽管现代女性已迈着大步流星的步伐和男人平起平坐了,但女人们在一起的时候,她们谈得更多的话题依然是男人:爱男人、怨男人、恨男人、哭男人……男人是女人终生扯不断的情结。这也许因为她们生命的二分之一或三分之一要男人来填充和支撑。这里暂不多谈现代女性的包装心理,追溯到原始社会的男人,他们装饰得比女人要讲究。那是因为原始社会尚没有明确的婚姻关系,更没有恒定的配偶,而女子结婚的机会很多,可男人要找到配偶就相当困难,所以装饰与打扮成为人们生存的一种手段。

女人的天性里总有一些固执与狡黠的东西,她们绝不相信男人会因为女人心灵的美而去爱她。女人也不大相信男人的心,更不相信男人的嘴,但是她们却相信男人的眼睛,她们会在男人的目光中找到镇定与安慰。

在各种会议与社交活动中,甚至在商场里,我常常会感到这是女人展览的大厅。她们小心翼翼地把丑陋、衰老、无知、贫穷……悄悄藏匿起来,大胆地张扬着一切她们认为有光环的东西:服装、耳环、姿容……她们像一簇簇不知从什么地方运来的花,熙熙攘攘地进入了花的市场,有的艳丽、有的俗媚、有的素净、有的怪异、有的鬼媚……也有许多像是夸张到变形的没有生命的塑料花。每当我徜徉在这花市里,我总会有一种郁郁苍苍的感觉,会对人生多一些感悟,多一些解释。在这里重复的只是展示,一种不厌其烦的展示,仿佛生活的内涵只剩下了展示。人为什么总想展示自己，总想告诉别人"我很美""我很不错"？说到底是对自己不满意，她们的神态里更多的是表演，少的是自然。外界好像是一面镜子，她们想从这镜子里窥见鼓掌、羡慕，窥到男人的欣赏、女人的妒忌，只有在这面镜子里她们才能找到踏实。

在这展示的大厅里，她们不仅要表演自己的美丽，更要表演自己的与众不同，展示她的财富、她昂贵的时装、珍奇的珠宝。这一切是身份的显示，要别人知道她乘坐的是豪华轿车。如果她没有，她或许从某个男人那儿借来摆在这里。虚荣与浮华像躁动的云，密密地飘浮着，令人窒息。这时我会感到人已变成了一种商品，拥挤地陈列在橱窗里。女人们除了展示自己以外，她还要以挑剔的目光审视着同类的首饰，并仔细地评估着她的戒指是真货还是水货？值多少钱？女人的虚荣心不仅强而且具有强烈的攻击性和残酷性。在这五颜六色的花市里，在这轻柔飘逸的云翼下，埋伏着一触即发的炸药，真可谓同行是冤家。如果这时她碰到了一个熟人，她马上按捺不住地告诉对方，她的老公当上了总裁，儿子住在美国富人区，女儿嫁给了非洲国家的一个部长。非洲真是好地方，那是生产世界名模的地方。她刚刚从罗马游玩回来，她已厌倦了欧洲的生活，她要在乡间买一栋别墅过一下田园生活……如果对方是位女性，那女士脸色顿时变得煞白，心口发堵，双眼露出了倦意甚至是愤怒；如果她运气不错，碰见的是位男性，得到的是微笑与祝福，尽管这男人知道她讲的故事是注水的。虚荣与妒忌是女人的通病，但这也与个性、品质、修养、文化、出身背景有关。事实上一个人怎么能仅凭你的包装就可能出类拔萃呢？别人不这样看你，世界也不这样看你。女人总是以别人如何看待自己来评价自己，具有很强的"他人指向性"。女人的虚荣与盲目根源在于缺乏自信与力量。

人切忌过分包装，夸张包装，要善于展示个性的独特品质。在随意与自然中表现人的个性美，重要的是认识自己。包装的高手在于不留痕迹，外在的一切应与自身浑然一体，这时你不再是商品，而是活生生的人。

青年女性有着充盈的生命底气，她亮丽诱人，这是上帝赐予的神采，任何涂抹都是多余的败笔，青春是个打个盹就过去的东西。

中年女性的包装主要是修复岁月的磨损，如果中年的生命依然有开拓、丰满与自信，便会解化成独特的气质，你会依然风采逸秀。

老年女性，如果你生命的河流正常地流过，流过了平原、高山和丛林，那么你是美的。你的美充满了安详与淡泊，因为你真正地生活过。老年人不要去染白发，老人的白发像高山的积雪，有种仙境之美。人该年轻时就年轻，该年老时就年老，这是与自然同步，这就是和谐。和谐就是美，反之就是丑。和老年人在一起就像读一本厚厚的精装书，魅力无穷，令人爱不释手。

人只要真正找到了自己，就找到了品牌，就找到了恰当的包装。

1997.7

医生手记

也许因为我的职业是医生,我常常会思考死亡。当然这并不意味着我已到了垂暮之年,更不说明我已厌倦了人生,恰恰相反,正因为我知道生命的有限和不确定,所以我总是热烈地拥抱着生命中的每一个早晨和黄昏。

我常常这样想:生命是上帝送给人的礼物,但他并不总这样慷慨,他会在某一天某一地某一时把礼物收回。收回的形式或悄然、或剧烈、或磨难、或痛苦,总之收回没商量,无论你是达官显贵还是平民百姓。

人们常常把死看成很遥远甚至与己无关的事(尤其是青年)。其实人一生下来,一切都是不确定的,唯有死亡是确定无疑的。正因为人有了凡人必死的意识,就会有个体生命存在时间有限的思索。对死亡的思索是对生的思索的集中体现,从而才能建立旷达怡悦的人生态度,超越庸常的、平凡的、琐屑的一切,而实现精神的升华。

有时生命的"走"仓促得令人措手不及。一个十九岁的青年头天晚上还在狂热地"蹦迪",第二天由于车祸就静静地躺在冰冷的太平间里一动也不动了。一个因贪污数额巨大而被处决的罪犯,年仅二十五岁,他把弄到钱看作人生最大的利益,事实上人生最大的生意就是对生命的经营。世界上最大的利与金钱和生命相比都是负数。这个二十五岁的罪犯为了身外之物,廉价地拍卖了自己的生命,如果他曾对生命与死亡有过认真地思索,他或许对人生有新的选择。

医院里,一位患有晚期癌症的患者刚三十二岁,但由于病魔对她生命的蚕食，看上去她已有些衰老，乌黑的头发已所剩无几。但在她的床头柜醒目处端放着一个红色的镜框，里面镶着一帧黑白照片：一位健美充满着无限生命力的女性，身着毛边牛仔短裤，衬托着腿部青春的视觉，诠释着她挺拔修长的腿的语言，镂空的几根宽窄不等的红绿彩带横条，优雅地依裹在她白皙的脚背上，衬得她格外俏丽。我解读着这帧照片，被她所感染。患者吃力地拽了拽我的白大褂，急切地告诉我："这是我，这是我没病的时候，这是我，是我……"她的目光中跳动着一丝火花，旋又熄灭了。我的心猛然像被什么击了一下：当癌细胞大张旗鼓地、肆虐地砍杀着她的生命，颠覆着她的青春时，她仍顽强地维护着生命的尊严。她告诉我，她是个教徒，她相信她不会死。我沉默了一会儿，突然悟得宗教给人开了一张可以在天堂兑现的支票，无论它真实与虚妄，至少缓解了她对死亡的恐惧。无论作为一个医生还是一个有同情心的人，都不会过问病人的信仰，特别是不应该干预一个正求永生的病人，对于她心灵的剧变理应得到尊重、理解和宽容。这帧青春的玉照并不是她，我懂得她。

既然死是生必然的尽头，不可否认医学对自然的控制是有限的，医生始终在这条生与死的通道上进行着艰苦的工作：迎接生命，修复或置换身体各种磨损、老化、报废的零件，调适着体内的环境，直到把生命庄严地送上归途。朝霞是灿烂的，晚霞也依然美丽，因为在自然拨给他们的时间里，他们创造了财富与尊严。医生在这一生命流程里从事的绝不是枯燥的工艺操作，也不是简单的生物学模式，而是心理、情感、审美、环境全面的渗入。其中最有价值的是病人走到最后时刻，医务人员投入真挚的爱心，给予患者富有人情的关怀。生命拒绝冷漠，医生应拒绝红包。古人云："医行三代必发，医行三代必绝。"行医必须以德为本，医生的职业涉及人的生死这样重大的问题，所以医生对患者的生命应有一种宗教般的虔诚。

那位晚期癌症患者历经了许多痛苦，也历经了多次惊心动魄地抢救，但她还是走了。她说，她怕孤单。临终前医生拉着她的手，在爱与关怀中她安详地走了。死亡是对生命最后的表露，依然需高贵、尊严与爱。

因为生命是有期限的，我常常把生命的每一天当作生命的最后一天，当作生命的节日，把这一天过得充实愉悦，每天如此，犹如永生。

我永远不会为自己的死亡而忧愁。人类只是生态系统的一部分，人的本质就是自然，人与自然生生不已。

我牢记希波克拉底一条箴言：哪里有对人类的爱，哪里就有对医学的爱。

1998.2

恋母情结的转移

A女与B男正值新婚,新娘颇被新郎"左一个我妈说这,右一个我妈说那"搞得有些烦。说来一个二十几岁的大男人遇事总要提及妈妈,确实有些麻烦。尤其令A女士不解的是,每当小两口相拥相亲时,只要从过道里传来了B先生母亲的脚步声,即便是很轻很轻,B先生马上就松开A女士,甚至双手直冒冷汗。为此A女士曾多次向我咨询,我说,B先生恐怕有些恋母情结,尤其是他在寡母的拉扯下长大的,这样的心理投影尤其可能成立。

的确有些男性因和母亲关系异常深厚,以致无法和其他女性过正常的爱情生活。

现在的问题是如何帮助他转移这种恋母情结。无论多大的男孩,无论多么坚强的男人,在他心底的深层都渴望女性的温柔与呵护,甚至有些依赖。人们常常以为依赖是幼稚、不好的事情,其实根据时间、场合,学会依赖别人正是性格有张力的表现。

男人的恋母情结可能与他被喂食母乳有关,是从婴儿期产生的,并有向母亲撒娇的心态,当然也不是所有的男人都如此夸张。

婚后最重要的问题是帮助丈夫转移恋母情结,这其中有重要的两点:一是,在现实生活中满足他对温柔的渴求,要学会照顾他,会照顾别人是母性美及女性美的表现,使他不要时常以母亲为话题,并提及母亲的种种呵护,让丈夫感觉到这里是他最温暖最安全的爱巢,让他觉得他是个顶天立地的男人。二是要会依赖男人,会依赖男人的女人是有女人味的,而且会唤醒男人的保护意识使男人更像男人，更有自信。

　　渐渐地男人就会转移恋母情结变成一个健全的男人。一旦他转移了恋母情结就会比一般的男人更忠诚、更可靠、更有责任心。

　　女人的爱心和适当的把握完全可以重塑男人。爱情是激活生命的良药。

职称断想

世界在变、风景在变、人心在变，不变的是知识分子对职称的那份执着、那份苦恋、那份坚持。知识分子把职称看作一种名分，看作是在社会上安身立命的注册商标。

但在评定职称这样重大的鉴别上，却存在着一种选择上的偏颇。我较熟悉的职业是医生和编辑，他们在职称的评定中，所展现的各种状态，引发起我一些断想。

究竟什么才是合格的医生？首先是能准确地解决患者的痛苦。这自然需要好的医疗技术和一定的临床经验。其次是要有良好的医德医风。记得临床上一位患者，消化道出血，血化验尿素氮（BUN）升高。面对此病例，两位医生有两种不同的诊治。一位是高年医师，一位是刚刚毕业不久的硕士生。硕士生考虑患者患有慢性肾炎，现尿素氮增高应进行血液透析。高年医师认为尿素氮增高与消化道出血有关，48小时之内应首先止血，待血止后做胃镜检查。果然，胃镜显示胃的病变导致吐血，一个星期以后尿素氮明显下降。

在评定职称时，对硕士生临床时间的要求显著少于普通医师，也就是说，把硕士生在校读书研究的时间滥充了临床时间。但研究与临床是两个概念，尤其是对医学这样一个实践性极强、关系到人生死的学科，更不能忽略实际临床的重要意义。一个医生如果缺乏解决实际问题的能力，再好的理论也流于空泛。在评定职称时，似乎论文（须发在一流的刊物上）和外语才是硬指标，而临床与医德医风是难以量化的软指标，于是客观上助长了某些医生重理论轻临床的倾向。他们认认真真地钻图书馆、马马虎虎查病房，因为职称毕竟与面子、房子、票子、仕途都息息相关。知识分子的职称情结真是微妙至极。

一位资深老编辑，年已过知命，看过的稿子比十八层楼还高。几十年来他在稿海中淘金，发现了许多有价值的好作品、好作者。如今活跃在文坛上的一些作家，都得益于他的发现与扶植，对中国当代文学的贡献有目共睹。

然而，就是这位老编辑熬到该晋升编审的年头时，不幸又碰到了外语这只拦路虎。而事实上当代文学编辑的工作大多与外语无缘，他们日日夜夜看如海如林的用中国字写的稿，已经把透明的黑眼睛看成了混浊的灰眼睛，哪里还有多余的眼力旁骛别国文字呀！然而晋升的条件是一视同仁的，也是毫不留情的。

于是已过天命的老者，披着一身的疲劳，顶着满头的白发，戴着600度的老花镜，由儿孙搀扶，迈进了外语强化辅导班。大约有近半年的时间，老者顶着满天的星星去强化记忆，晚上迈着蹒跚的步伐，顶着昏暗的月光强化辅导回家。这期间冠心病抢救过两次，为压住一个劲往上蹿的血压，各种降压药组成联合舰队集体挺进。谢天谢地，过天命的老者终于通过了外语考试，不能不说这种通过有些悲壮，有些凄婉，但更令人思索。

编辑的职业是为他人作嫁衣，这首先需要有奉献精神，然后要有好的手艺、好的眼光、好的创意，帮助别人把衣服做得合体、漂亮、时尚、有个性，这样编辑的工作就基本上完成了。

如果一个编辑忙碌的是自己的文章，对作者的文章只是敷衍，做出的衣裳经常是捉襟见肘，那么他显然不适合做编辑（即使他的外语再好也无济于事）。他可以去当作家，或去从事其他可以表现自己的职业。

现在无论什么都讲接轨，接轨是不错，但要接到实处，接到点上。

电视时代的异类感觉

这是一个电视时代。人们对娱乐文化的消费胃口愈来愈大,经常会出现消化不良的病症。彩电、影碟、卡拉OK、VCD等电器和娱乐器械,纷纷进入大众家庭。几乎每个人都体会到看电视是一件又轻松又省劲又方便的事,啃一本大部头的作品最少也要个把星期,可看一个同名的电视剧,只需把双脚泡在热水盆里,嗑着瓜子,剥着香蕉皮,靠在沙发上就可以轻轻松松地看完。在这重效益讲实用的今天,有谁还会"犯傻"?于是人们远离了读书。

读书是个再创作再思考的过程,它需要一种专注一种品味。读书是一种劳动,这种劳动是深沉的,对于提高人的精神品质,拓展心灵的视野所产生的影响是任何其他娱乐形式不可取代的。同样人们已远离了话剧。每当我看到舞台上这么多的活人在活生生地演绎着生活,心里就感动。我可以感到他们的呼吸,看到他们在流泪。我不必怀疑他们的眼泪是药水做的,我可以听到他们衣服的窸窣声,同样的台上的人也感到了台下人的叹息、思念、兴奋和掌声,那是一种生命对生命的交流。这种交流令人感到亲切与慰藉。尽管剧场所容纳的人是有限的,但都是心对着心,真人对着真人,这是话剧独有的魅力。每当我从剧场回到电视机前,那种感觉就荡然无存了,剩下的只有一种冷落的复制感,自己也好像被复制了。当我被这种感觉折磨得不安时,我会再走进剧场,因为话剧的魅力是无可抗拒的。

我每天读书,那是我的一种生活方式。我常常看话剧,那是我生命的需求。我有时写作,用手把字写在格子里,小心翼翼地,就像农民把一粒粒种子播在自己的土地上，不为别的，只为我喜欢写汉字的感觉，尽管我生活在电视与数字化的时代。

1999.1

电话琐记

大年初七我接到黄小姐的拜年电话,我被感染后仍不失冷静地问,像你这样讲究气氛的人为什么不在年三十晚上拜年?黄小姐是个说话没遮没拦的人,"今天我在单位值班,这不是一举两得吗?"我"噢"了一声,那尾声一定拖得又长又轻。这一举两得是明明白白摆在那儿的:一是拜了年;二是省了钱。想来黄小姐的眼前一定有一张纸,上面列出了长长的需要拜年的人员名单。想到这儿,我突然对这位年轻漂亮又时尚的小姐产生了一种怜悯之情。以她的年龄,她的收入本应潇潇洒洒、体体面面地生活,怎么竟活得这样仔细这样费神,为抠电话费这几个小钱如此算计,颇像一个衣食无着又不甘寂寞的老太太。

记得去年夏天一个双休日的闷热午后,我突然接到一个长途电话,这位先生第一句话就是,"你猜我是谁?你干什么呢?"一开始就摆出了要煲电话粥的架势,他聊得很有耐心很散漫也很意识流,从秦始皇到汉武帝;从克林顿到萨达姆;从婚外到婚内;从《南方周末》到《北京晚报》;从长篇小说到短篇小说;从股市到期货;从男人到女人;从熬鸡汤要放冬虫夏草,到炖牛肉别忘了放西红柿……林林总总不一而足。其实他不过是我一次笔会上的文友,说不上熟悉。而我又是一个对交友极为挑剔的人,但出于礼貌我仍以极大的耐心举着湿淋淋的话筒,忍受着这夏日的折磨,但我的耐心和好奇都已到了极限,终于我脱口而出:你在哪儿打的电话?他回答:在家。我说:不可能。他问:为什么?我说:男人花自己的钱不说废话,说废话一定不花自己的钱。他笑了起来，你的感觉还真到位，家里开空调太费电，我到单位来，一边享受空调的凉爽，一边想写点诗歌，冰箱里还有可乐……我看了看表，他煲免费长途电话粥的时间共计两小时四十分钟。我真为他所在的单位捏了把汗。如果他在澳大利亚还知道个电话号码，在冰岛还有个半熟脸的朋友，他还有兴致煲几个国际长途电话粥。如果他的单位有十个像他这种煲免费电话粥的发烧友，这个单位非破产不可。

我认识一位林小姐，她在一家跨国公司工作，她的手机是公司为工作配置的，因此她的手机只用于工作，凡是私人的事情她都自觉地用家里的电话。许多人都说她犯傻，因为公司里许多人用起手机都是公私不分的，只有林小姐公私分明，丁是丁卯是卯，绝不混淆。后来总经理年底统计电话费并核实客户，只有林小姐是清清白白、一清二楚的。不久林小姐被提为部门经理，年薪十分可观。我想以林小姐不谋私利不占公家便宜的品质是值得企业信赖的。

我的体会是一般用电报语言打电话的，大多是用自己的钱消费电话，一副惜话如金的节俭状。如果我稍稍有长谈的意思，对方马上急得像猴屁股着了火，手里攥的好像不是话筒而是通红烫手的铁熨斗，于是我善解人意地说："请放下电话，我往你那边拨。"电话铃声从容地响了，他举起话筒的那种悠闲状，就像退休的处长打太极拳。凡是用公家的电话来表达自己赤诚的心意、火热的情感，无论他说得多么动听，我都统统给打折，至少五折。人与人之间的交流属于个人消费，有些人甚至是个人的隐私也要公款消费，这个隐私是否太廉价了。当然人与人总是有差别的，一位在银川工作的杨伟小姐（我的读者从未谋面），她每个月至少打两个长途给我。话筒里总是传来她不急不躁的声音，她谈对生活的感受，读书的体会。她每月的工资只有400元，时间分分秒秒的流失提示着电话费也在分分秒秒的增加。她说，我可以不吃那么好，不穿那么贵，也要把省下的钱用来打电话，这是我内心的需求。这种心情是令人感动的。一位在广播电台工作的朋友么梅梅，她总是把私人的电话留到家里打，其实她谈得更多的不是自己的事，而是妇女与环保、妇女的权益呀……是位敬业的妇女节目主持人。这样的电话即使再长也让人心里舒服。

从电话里可以看出人性的百态，可见一种米能养百种人。

2000

人与服饰

星期天聚会，一位朋友得意地告诉我，她全身都是用名牌武装的。现在的确到了讲究品牌的时代，人们用什么样的品牌在某种程度上似乎是人的身份、地位、价值最直观的体现，于是人们纷纷追逐香奈儿、迪奥、金利来、真维斯、鳄鱼……对名牌的追求是一种时尚。究竟何谓名牌，其实名牌的概念也是含混的。如法国从豪华定位，意大利从质量定位，美国最实际，完全的销售为名牌的标志。

大凡女性都喜欢用钻戒、名车、名表、名牌服装来提高自己的身价，要向人表示我有钱、有有钱的老公……这些大多是社会评价求高的女人，她们全身都堆满了名牌，以炫耀她是高贵有钱的女人。这从心理学上看这是一种补偿行为，她们内心大部分是空虚和自卑的。不管处在哪个时代，与其说人们羡慕她，不如说人们嘲笑她。生活中那些喜欢夸张和炫耀的女人们内心深层大多是不自信的，那些自信的人往往是安详和从容的。

什么是名牌？只要是适合自己的就是名牌，无论它时髦与否，也无论它的贵贱。服装传递着生命的信息，传递着文化的信息，你怎样着装表达着你对自己怎样的认定。服装展望了个体对生命的体验，服饰应与人融为一体。如一个木讷呆滞的生命即使配上一袭最张扬青春的服装也无济于事，只能让人感到服饰和生命生硬的割裂。人穿衣服不外有两个原则，一是适合自己，二是适合环境，把握好服饰的自我意识与环境意识就把握了服饰的灵魂。

服饰在很大程度上反映了个体的心态，少女时代我特别喜欢穿黑颜色的衣服，也许因为那时我皮肤白皙红润，也许因为黑色能吸收一切光色，有极强的包容性，也许因为那时我正在读《安娜—卡列尼娜》：安娜第一次在火车站出现，身着一袭高贵黑色长裙，吸引了年轻英俊的渥伦斯基。那时的我正是多雨的季节，做梦的季节。我迷恋黑色因为黑色标志着成熟与高贵，折射了我少女的某种心理期待。人到了屏除丝竹入中年的季节，已颇感在漫漫红尘路上的辛劳与紧张，骤然间对黑色异常得排斥，生怕那个厚重的黑色落到我疲惫的心里让人透不过气来。每到泼地草绿的季节，我总是偏爱浅蓝色的细纱衫，让光滑的丝带随意穿越花形的袖口，令我有一种从云中飘来的飘逸感，下身偏爱一条丝裤。对一切艳丽的色彩我都精心地搭配着，让充满田野气息的花边安静地在我的丝裤上吐着大自然的清香。虽然作为一个家庭主妇一日三餐在厨房里烟熏火燎，但走出家门的我却让自己有一种纤尘不染的洁净。我重视服装给我的心灵感受，服装是具有人性的，它能帮助我调整心情，并获得一种好情绪。

2000

"围城"是老宣的家当

二十世纪三十年代北平的"老宣"是中国文坛的怪杰。

老宣姓宣,名永光,今河北滦县人,朋辈屡以老宣呼之,因以为号。二十世纪二三十年代老宣为北平《实报》的专栏作家。而老宣的书——《妄谈》,曾令读者震惊,掀起一阵轩然大波。人们争相传阅,言必谈老宣,街谈巷议,褒贬不一。

老宣的《疯话》连篇,续辑接踵,一发不可收,一时京城轰动,洛阳纸贵。

多少年来,人们谈及婚姻家庭,必用"围城"来比喻。"围城之说"已成为广大民众无人不知、无人不晓、无人不谈的知名度最高的集体用语。

论其出自于老宣的《放言录》,这一点却鲜为人知。

几年前出版了一本《老宣放言录》(今日中国出版社),在论婚姻家庭一栏中(第75页),老宣这样写道:

"结婚如同被包围的城:在外面的人,总愿意进去看看;在里面的人总想逃出来。"

老宣是中国近代文坛的春秋魔笔,他那鞭辟入里、入骨三分的思想与语言,闪烁着耀眼的光芒,曾令无数人叹服、猛醒而且无人能企及。如今老宣早已作古,默默无声,遗憾的是我们已不曾记住他的任何一句话,只愿以这句著名的"围城"之说来记住文坛先辈老宣吧。

2006

长不成大树
——闲话情人节

  每年的2月14日,这个洋人的情人节,早早就有人惦记了,其中惦记得心口发疼的要算是商家了,应该说这一天是商人的节日。这一天玫瑰涨价10倍,据说是从遥远的荷兰火速赶场的,紧接着各种商品都拼命往情人身上靠,趁机搭车涨价、浪漫涨价、情人涨价……小贩们直着脖子在胡同口大声吆喝:情人节买玫瑰。他们的眼睛燃至沸点,恨不得每个人都有两三个情人,也恨不得每个大叔大婶的菜篮子里都插入999朵玫瑰。那黄的、白的、红的玫瑰,浓艳得没有灵气,浑身湿漉漉的却佯装成从玫瑰园里刚刚采摘的,显然"不嫩装嫩"。

  这一天,各路情人:小情人、中情人、老情人早早就盼着玩一把洋节。望着这其中一些秃头的或顶着一头雪花的老男人和依偎着他的年轻女人,还有一些神情怪怪的男人和女人,马上感到这其中扯不清道不明的关系。情夫、情妇们在这个节日里热热闹闹地演绎着他们的故事,顿时觉得这个情人节像串了味的三明治。他们在一个月之前就在昏暗的咖啡屋里订下了座位,餐桌上点上蜡烛,插着当天的当家花——玫瑰。他们头碰头、手拉手、亲吻相拥着,颇有"今日不谈情明日就作废"的吃快餐的感觉。

  也许因为生活水平的提高,经济的发展,生活方式的多元化,人们总是想一招一式、一颦一笑、一哭一闹都与国际接轨。在这个"爱缺乏保障"的时代,也许爱情就是一个神话。人们对爱情缺乏一种安全感。有时我常常想给爱情投个保，开一个爱情保险公司。这买卖一定兴隆发达。尽管现在有那么一些人认为爱情已没有那么经典庄重，常常没有序曲、没有起伏、没有过程就直奔床头，可他们的心还是觉得空落落的。于是一句时髦的话，"不在乎天长地久，只在乎曾经拥有"正对他们的胃口。其实中华民族关于加深人情感交流的节日实在是不少，如每年的八月十五中秋节、七夕的牛郎会织女、正月十五元宵节……却被他们淡忘了。更重要的是这些节日有一种含蓄的庄重和深情的韵致，恐怕浮躁的现代人难以真正地投入和把握，于是他们远离了传统。因此，无论他们用多少玫瑰来包装他们的爱情，爱情却总像兑了水的酸梅汤，被稀释得失去了原汁原味。爱情是心坎里金碧辉煌的宝藏。它不可以挂在橱窗里，不可以装在花篮里，不可以在电视里直销，更不能够在胡同里大吵大叫。爱不是有目的、有计划的生意；爱情是悄悄开放在人心里的鲜花，她只静悄悄地开放。

如果一个节日，它的根不在这里，那它绝不会在这里长成大树。

谈明星出书

现在各路明星纷纷写书，在媒体及书商精心的操作下，似乎已发展为一种兴隆的产业。不知是明星劳神自己动笔，还是背后有人操刀？总之大有一发而不可收之势。

明星的熟脸就是一张免费的活人广告，不仅可以促销而且还能推动市场，显然这是一项投入少获利大的生意。追星族们望着一个个活人广告，乖乖地掏出了自己或父母的血汗钱，然后又乖乖地送到了明星本已鼓鼓的钱袋里，接下来就是沸沸扬扬的签名售书表演。追星族们以少有的热烈与疯狂，在炎热的日头下盘着长长的蛇队，有的望眼欲穿、有的引颈狂呼、有的昏倒在地……明星的表演依然精彩，或正襟危坐、或姗姗来迟、或飘飘而至……也许他（她）们签名的手已写得发酸、眼睛累得发花，但却又玩了一把当作家、哲人的游戏。

我徘徊在书摊旁，望着花花绿绿的书市，着实令我咋舌。明星们的大作一概的包装讲究、一概的纸质上乘、一概的书价高悬、一概的秀气可餐。我警觉地睁大眼睛如同闯入假币市场，囊中羞涩的我生怕上了人家的当。我明白，明星作家群拿的是版税，即读者每买一本书作者就可以提取可观的人民币。买书的人愈多，财源就会滚滚而来。不肯轻易上当的我把书放回，心里猛地跳出"浮躁"二字。坦率地说，这些书当然也不乏有些好看的东西，但它们既不是文学，也不是艺术，既不是历史，也不是文化，更不是伟人的传说，它们又何以招徕了众多的消费者呢？在大众的眼里：明星＝花不完的钱＋离不完的婚＋打不完的官司＋出不够的风头。明星把富有、浪漫、享乐统统让你看，看他

（她）活得痛痛快快、自自在在。撩拨得观众的心发痒发慌发烫，满足了大众对明星观赏、把玩、娱乐消遣的心理，明星们大胆地出售着他（她）们的隐私，大众（有些）喜欢窥测别人隐私的心理，只能在明星身上满足。写到这里，我想起近日与中央人民广播电台记者朋友李慧的一次通话。她说，她爱看《人与动物》《我在北京打工》，虽然这些都是普普通通的人写的普普通通的生活，但很有思想有感情，也反映了《北京晚报》策划人思想的容量深度与格调。可当媒体请策划人高立林曝光时，他总是冷着脸躲得远远的，在这"自炒自卖"堪称时尚的今天，不能不说这是一种难得的品质。

也许阴差阳错的原因你当上了某电视台的主持人，但这只是你的一份工作，领导把你放在这，你就是主持，不放在这，你就不是。也许你出门"打的"司机不要钱，也许你穿的皮衣货真价廉，也许你的羊绒大衣根本不花钱，这只能说明你工作的特殊性——露脸，有更多的人会知道你，这首先要归功于经济的发展、电视的普及，但露脸与人的真实价值压根儿就是两码事，百姓可能会知道某明星、某笑星、某主持、某小品演员，但却不知道国防部部长，不知道国家有成就的科学家，这正是我们民族的悲哀与浮躁。出于意识形态的需要，总是把文艺无限地拔高，而扎扎实实为社会发展做事的各行各业的优秀人才，我们往往重视得不够，他们才是我们民族的脊梁。有些科技人员尤其是搞基础科研的，他们用几年甚至几十年写出一本书，最后还要用自己微薄的工资自费出版。这种窘迫、这种黯淡与明星出版生意的火爆相比，不是很令人深思吗？

最后我送给明星们一点礼物：

每个人都有自己的舞台，每个舞台都有自己的风景，任何显示、夸张都是浮躁与失败。要学会安静与隐藏，隐藏是优美的品质。当你沉静隐藏时，活力、生命、才华、自然和风会走进你的灵魂，那时，你才是最美的。美将使你忘记自己，而人们会记住你。

看病的感受

不知从什么时候起，人们已经私下把白衣天使（有些）称为大白狼了。当然这种称谓有失公允但大概也折射了一种不良的社会现象。有一次我在电台做直播节目，热心的听众、读者在电话中询问："申力雯你最怕什么？"当时我差点脱口而出"我有恐医症"，可是最终我还是谨慎地选择了较为温和的词"怕生病"。

去医院是患者不得已的选择，患者与医生、护士的关系是一种公平合理的供需关系。患者在医疗消费中应理所当然地得到尊重和满意的服务，本质上是对生命本体的尊重。

在医院，当我经历了排队、挂号、划价、交费等诸多复杂的程序后，终于从一个神秘的窗口郑重地捧出了一堆包装时髦的洋药、新药，实在令人心惊肉跳。尤其当我知道了白衣天使（有些）从这些患者不堪重负的药费中得到价值不菲的回扣时，真让我目瞪口呆、欲哭无泪。

真正使我对医院产生惧怕的是一次血的教训。我因发烧去一家医院看病，输液后我竟然昏天黑地地大失血了，险些丧命！我真纳闷儿从那个倒置的瓶子里流入我血管中的东西究竟是什么？！在昏迷中我想起了飞机上的黑匣子，幻想医院应有个白匣子，人死也要死得明明白白。

前不久新闻界报道了北京一家声名赫赫的大医院把一个过期的心脏起搏器放一患者的心脏里，如果这位患者是与众多的患者一样，一切就无声无息了，但他却有幸碰到了几个偶然：正好患者的家属是这家医院的大夫，正好这时这位大夫走进了手术室，正好这位大夫看到心脏起搏器上的英文说明……于是他惊异了！愤怒了！正是这诸多的偶然才得以偶然地泄露了这"神圣"的秘密。这可能是一种偶然，但不幸的是这是一个事实。医院仅仅靠医德来规范医疗行为显然缺乏力度，祈望它尽快走上法制轨道。

有幸的是一次偶然的诊治使我的"恐医症"冰释了。我因患牙疾曾去过几家医院，有的用模糊治疗无济于事，有的白衣天使用污染过的器械敲击患者的牙齿，吓得我夺路而逃。最后终于下决心起大早排队挂号去离家很远的北京医科大学口腔医院。

我坐在诊椅上，医生请护士在左右关照着，我打量着站在面前的这位大夫，他高高的个儿，洁白的口罩遮住了他脸上的神情，但露出的一对眼睛像明净的窗子，一尘不染。我从挂号大厅里知道他的名字叫赵奇。尽管他先后给我治疗过几次，但走在街上我仍然没有把握准确地认出他，他会像所有的陌生人一样擦肩而过，消失在茫茫的人海中。尽管如此，我依然能感受到他儒雅的学者气质和学院派的清新。在他的环境里他能自如地创造一种严肃从容的氛围。也许他刚刚被人打扰过，也许他刚刚接过电话，但他总是能速捷地进入医疗状态，一切与医疗无关的东西都被他切断。在这个时刻他只是医生。他说，如果不舒服请抬一下左手，千万别碰我的右手——他举了举右手上的工具，不然会伤着你的舌头。他竟然知道我习惯性的反应。我下意识地伸了伸舌头把它安放在妥帖的角度，暗示自己的右手不可轻举妄动。杀神经时他告诉我，注射一针麻药如有心慌请说话。声音依然是平静的，此时这平静的声音瞬间变成一种音乐和药物融化在一起，缓解了我的紧张。当他用一根极细的针一滴一滴把一种药注入牙体的罅隙中时，你会感到医生的手是一个流动的能量，患者在温暖的能量中会尽快康复，并把这能量投射到社会中，创造一种生生不已的光的循环。依我的俗见，以他的年龄和实力本可能是躁动的，我不禁要问，为什么不去合资医院里，挣钱不是更多嘛？他说，没想过。声音依然是平静的，平静得有一种令人回归田园的安详与恬淡。最后当我的牙被填充时，医生引导患者从不同角度的力量、从轻到重的咬合，直到填充部分不高不低、很舒适地成为我身体中的一部分时，医生好像完成了一件艺术品。

可以毫不夸张地说，这种医疗行为不是简单的生物学模式，更不是枯燥的机械操作，而是心理、艺术、审美、环境、文化、信息的自然渗入，对患者展现了丰富的人性的关照。

这种看病的感受很舒服。

1997.3

闲话触电

自从那次触电以后,我如同被蝎蜇了一下,我发誓以后与媒体的接触只限于铅字,并只挑剔地与有道德的编辑打交道。

有一次我向一家新闻单位传递了一条新闻信息,有关人员听到这条新闻的录音以后表示:这是一条应获一等奖的新闻,不仅有新闻眼而且层次感、立体感很强。可播出时不知哪位人员当班,竟把这条新闻肢解得体无完肤了。原本是一盘午间大餐,到最后鼓捣成一小碟变味的蒙古泡菜。这还算其次,一位手脚麻利的新闻小姐死死抓住这条新闻不放,到我家里穷追狂挖,给我无端地添了许多麻烦。

别看我老眼昏花,但对这一行心里明镜似的。往好听了说她为了什么事业,往实在说,她是为了完成定额,为了多拿奖金,兴许还能撞着什么新闻大奖好建功立业,直盼着旗开得胜的好运气。手疾眼快的新闻小姐想深挖这条新闻的内涵做个专题,可肚子的货又实在有限,自然我就有了派场。咱们不妨分析一下:新闻是我发现的,新闻深层的思想是我挖掘的,都统统被她盗走变成她的杰作了,盗的时候甜言蜜语、热情有加、天真活泼、楚楚动人。盗完了大功告成,立马摆出一副猎人扛着珍奇猎物的架势大步流星地走了。待播出时既不通知我也不通知有关单位(都为她的专题出了力),播出的内容也违背了事先的约定。这是对"过河拆桥"最典型的诠释。如果新闻小姐懂得说声"谢谢"这事也就算了。可见历练丰富垂垂老矣的我实在不及一个初出茅庐的小丫头,真可谓后生可畏。我知道新闻小姐在殷殷地等待着什么大奖的颁布以至好戏连台。

　　我想一个新闻工作者除了应具有新闻的敏感性以外，还应具有新闻道德，懂得以人为本，通晓人性，懂得人与人之间交往的游戏规则。不要到一处就盗一处、就挖一处、就吃一处，应学会礼貌、节制与自重。新闻工作者头上的光环是党的宣传工作光芒照耀的结果。你离开了这份工作就什么也不是，新闻工作者应以公正客观、有道德有良知的形象出现在公众面前，如此急功近利不仅有损于新闻工作者的形象，对自身也绝非长远之计。

2000.9

现代人养生之道
——静坐

五光十色、眼花缭乱的现代生活,犹如把人抛入了一条窄窄的跑道。人们在急驰与角逐中,有的被踩掉了鞋,有的帽子跑飞了,有的衣服撕破了,有的崴了脚,有的撕裂了韧带,也有的骨折了……最可悲的是,人们跑得呼哧带喘、昏天黑地得差点背过气去,竟不知前方的路标!

紧张与太多的事物缠身,人们渐渐丢失了自己,找不到自己。也许,这是现代人的一种异化吧。

人无论干什么,成功与否,其实并不重要,重要的是调整出一种最佳的生命状态。在紧张与松弛、沉重与飘逸中,调出一种神韵与灵性的色彩。

衣服穿脏了要洗,表用久了要擦油泥。同样,紧张、繁忙或整日与人周旋的现代人,也许一天要变换几种面具。仅仅用一个劳累远远不足以概括现代人的艰辛。

当然,休息、睡觉、去酒吧或咖啡厅也不足以调整现代人身体与精神的倾斜。

现代人每日都应在静坐与冥想的清泉中浸泡,再加些去污剂,这就是东方文明的悠闲与反省。净化后的你,便会觉得神清气爽、妙不可言。

静坐时,身心得到静止的休息,在静坐与冥想时,视丘下部重新补充能量,肾上腺素分泌减少,身体的耗氧量减少到最低。

静坐不同于睡眠,睡眠是休息的补偿,静坐是一种有意义的行为,是身体精神和心灵的修炼，是积极主动地超越自我的行为。

　　几年来，我一直在疾病、读书与写作中，用静坐来强化自己。当我一静坐下来，便觉得有一股混浊的气悄然沉降下来，身体轻飘飘的，仿佛失去了重量，与云霞融化为一体，也好像独处在一片幽林、翠竹、清泉之中，顿悟到仙境不在远处，更不在大洋的彼岸，就在自己的心里。这时，心灵展现得那样广阔、洁净，久而久之，生命蜕变得新鲜和丰厚。

　　并不在乎环境，关键在于怎样看待自己所置身的空间。

　　稳定健康的身体和情绪，对于现代人建立明晰的思维，无疑是重要的。在长期的冥想与静坐中，人对生命的内核将有深层的感悟和把握。

1992.2

聚会变奏曲

老同学老朋友在家里聚会是件高兴的事，可我真怕这个家里有个抚弄琴弦或舞文弄墨的小皇帝，那其中受的罪只有当事人知道。

这次我们老同学聚会的地点是在"周公馆"。周公馆不仅地界大，周公还有个漂亮的女人和聪明的公主。这两年周公七倒八倒、走南闯北地发了点财，一家人喜气洋洋。周公是个热情又能张罗的人，自然周公馆是大家一个理想的聚集地。老同学凑一块儿就图个没遮没拦的唠嗑、叙旧，那种宽松亲切的氛围，离开了老同学这块黑土地就长不出这茬庄稼来。老同学围坐在一起把酒话当年，对望满脸沧桑的现在感慨万千，心潮伴着回忆起伏，岁月像如歌的行板在彼此的心中荡漾。

序曲刚刚拉开，周公馆漂亮的女主人突然拍着手说："肃静，肃静，现在请我们妞子给叔叔阿姨演奏小提琴。"于是音乐会冷不丁就开始了，一曲完了又是一曲……我缺乏音乐的耳朵根本听不出那是什么曲子，只觉得那个弓好像拉在我心上，有种酸、麻、痒、疼的感觉。我真盼着这宝贝妞子快歇歇手喝口水，因为我心里惦记着续上和老同学被中断的正在兴头上的话茬。可妞子她妈偏偏不放过我们，她不住嘴地说"再拉××曲，再拉××曲"。妞子她爸的嘴里也冒着热气，那眼神分明在说，看我们妞子拉得即使赶不上帕格尼尼但也和盛中国差不多了。无奈的老同学们只得晾着耳朵被声音强制性地灌着，光支着耳朵听还不行，每完一曲还得拍着巴掌说，真棒！似乎不这样就差点意思。人家妞子一家又实在，还真当大家喜欢听，于是独奏音乐会就像西瓜皮擦屁股一样没完没了。这其中还有个心理秘密那就是三个不好意思：一是不好意思不装成专心致志欣赏的模样；二是不好意思继续往嘴里送东西；三是不好意思交头接耳走私语言。我悄悄打量着诸位同学，无一不是被迫无奈状，好像个个被放在小火上烤得直打晃。我真纳闷儿，周公馆一家怎么就不会透过现象看本质呢！一定是被什么情绪顶上去下不来了。妞子她妈又是个热情洋溢的节目主持人，她不断地加串联词："看，我们妞子见过世面不怯场。"我悄悄说，敢情拿我们练胆呢。好容易盼着妞子有了倦意，谢天谢地音乐会结束了。不成想妞子她妈又抖落出一个新节目，她兴致勃勃抱出了一大摞相册，从妞子光屁股秃脑袋到长裙拖地长发垂肩，整个这一生命历程要在我们手中一一流过。我一看这架势就开始犯愁，这样一张张翻下去非到深更半夜不可，光翻还不行嘴里还要念念有词："漂亮呀，像明星呀……"如果不这样说好像白菜汤里没放味精。于是我急中生智趁妞子妈不留神，像变魔术一样用半秒钟翻过三张，说实在话我不是不欣赏这些照片，而是惦记着老同学的聚会。这年头，人人忙，人人累，人人时间紧，交通又堵，能凑一块儿实在不易呀！说什么也不能让妞子把聚会串了味。不成想我这偷工减料的行为被妞子妈逮住了，大声说："慢——慢——"她伸手把照片翻了回去，"你看妞子这张多像莱温斯基。"我调侃地答："真像，将来兴许也能傍上个总统，不过可别忘了把那条弄脏的蓝裙子留住。"大家哄堂大笑，妞子她妈的脸飞上一片红霞。

　　灯火阑珊时，老同学悻悻地走了。一迈出大门，大家长叹道：真难受，为咱们大家难受！咱们这次聚会的主题被妞子一家热情周到地偷换了，我们在不情愿与虚伪中被人强迫了，我们也没勇气说不。咱们聊没聊好，吃没吃好，谁也没空着手来，这何苦呢！我提议以后聚会去饭馆，实行ＡＡ制，人人都是主角，谁也不许承包。

　　我不禁想，已过不惑之年的中年人为何竟如此迷惑，理应目光如炬、心如湖水，遇事绝不生、熟一锅熬。虽说周公这几年来了财运，但周公插过队、吃过苦、没赶上念书，心里总有些不平衡，于是孩子就成了张扬家长虚荣的砝码，这是补偿心理在作怪，同时也是心理衰老的折射。这不仅对大人来说不够得体，孩子也会感到肩上的东西太沉重，更令人担忧的是这样会导致孩子心理的某些缺陷，影响他们未来人格的健康。话又说回来，我们这些叔叔阿姨也对不住人家，理应实话实说，不该"助纣为虐"。

医生的悄悄话

我曾供职的医院坐落在北京最繁华的黄金地带。我的中学时代也曾在这里度过，那是一所很有品位的女子中学，有青春的校园、优雅的老师、聪明的学生。毕业时老师在碧草如茵的草地上叮嘱我们，长大要服务社会。

多少年以后我又回到了这黄金地带，成了一家医院的医生。起初，涉世未深的我像一片纤尘不染的云，牢记着服务社会的理想。渐渐地在时间的风化中，我的心落满了灰尘，在世俗的生活里我世俗地活着。我不记得从哪一天起，总之我没有把持住那一份洁净，时间悄悄地打磨了我，我竟浑然不觉。在这黄金地带，密集着一流的商厦，最驰名的金店、表店，最大的照相馆，优秀的影剧院、托儿所、学校，最大的书店……它集合了都市的色彩、时尚和诱惑。最重要的是这些单位都和我所在的医院建立了合同医疗关系，也就是说从看病吃药，到住院和转院这一切都控制在我们医院的手里。这种关系无疑使患者处于被动的地位，当然也会给医护人员带来诸多的方便和好处，这是供需关系所致。售货员会把最便宜质量又好的羊绒衫留给你；超市会把最新鲜的水果、鸡肉、鱼和青菜装满一篮子等你去受用；照相馆会为你冲洗一沓彩色照片而分文不取；你的孩子不会费一点麻烦就会进入最好的幼儿园和学校；你经常会收到最新的影剧票。虽然这都不过是小利小惠，但架不住它日积月累。在这里当医生等于天天过节、月月加薪，年年长级，只有走在这条街上，你才会真正体会到当上帝的快乐。因为你迎来的是最周到的服务，最热情的关怀，最灿烂的微笑，于是我也笑了。

有一次，我把患者送我的礼物放在妈妈的病床上，她竟然流着泪说："病人真可怜，自己有病还要化钱供大夫。"我不以为然地说："他们没什么病，不过是一人有病全家吃药，反正是公费医疗。"父亲是所在单位高级职称的评委，当我看见父亲把一个送礼的人拒之门外时，我不解地问："这种事，在现在不是很正常吗？"父亲竟拍起了桌子，大声说："他把我看成什么人了！"父亲这句话顿时令我脑子轰了一下，我第一次懂得了逆向思维。在这条繁华的街上，我有时会看到我中学时代的班主任。她依然有着贵族优雅的气质和一种凋零的美丽，只是苍老和虚弱了许多。她已不再对我说："孩子，记住要服务社会。"她的目光有一种我说不清的东西。我望着老师远去的背影，突然感到心里发空，空得没有底，人好像一直往下沉，失去了重心……

后来我离开了这家医院，在生活的舞台上我们总会轮流扮演不同的角色。当我去一家声名显赫的大医院看病时，才真正体会到患者的心情和痛苦。当我小心翼翼地把"红包"呈送到医生的面前时，母亲的话立刻回荡在我耳畔："患者真可怜，自己有病还要花钱供大夫。"我心里一阵酸楚。我本以为这位资深医生也会像我的父亲一样加以拒绝。事实证明，我的担心是多余的，他平淡而熟练地把"红包"收下，像是一种习惯，一种程序，就像我们乘坐公交车一上车就要投币一样。我的心失落了，继而弥漫着一种轻蔑，瞬间这轻蔑的感觉漫过了我全身，我第一次反思。多少年来我的患者不是也如此轻蔑我吗！在患者的心里也许我不过是一个披着天使外衣的市侩。多少年来也许我得到了一些物质上的好处，但失去的却是做人的尊严，尤其是当我听到病友们互相打探着暗箱操作的规则：小手术三百元，中等手术八百至一千二百元不等，再重一点的病或许更多，有的送一次不行，还要送两次，主刀的、麻醉的、护理的，哪个佛都得拜。我不禁发问："不送礼又能怎么样？"病友们面有惧色地说："留下一截烂肠子，几颗癌细胞；或把手术刀、止血钳、棉花团之类的东西，留在你肚子里，咱们的命是攥在人家的手里呀！"听到此，尽管这其中会有一些误会和夸张，我的心还是像被撕裂一样疼痛，顿时寒气砭骨。原来患者的恐惧来源并不是疾病本身，而是医疗这个复杂的过程。这是多么大的讽刺和悲哀，医生与患者之间竟然存在着这种深重的信任危机，本应洁净的医疗环境受到了空前的污染。

患者是个脆弱的群体，他们在求生的道路上历尽艰辛，应该得到医生的理解和帮助，绝不能雪上加霜。1700年前，中华民族就倡导医德，当时华佗不收红包，李时珍不收红包，张仲景也不收红包。但到了20世纪末的今天，红包却泛滥起来了！可见物质的丰富并不一定能促进人性的净化。也由此而看，精神文明的建设，医德医风的张扬任重而道远。让我们重新记起"救死扶伤，实行革命的人道主义"这句不算古老的话，让这句话，重新在医务人员的心口焐热，再焐热。让那些沉沦的天使，冲破坚硬的冰层，振翼飞向火红的太阳！让仁爱与道德重新布满蔚蓝色的天空！

1999.8

劝 穷

新中国明星的地位发生了翻天覆地的变化,这首先要感谢这个社会。新中国成立后他们被尊为人民演员、人民艺术家,而之前他们在社会最底层,被称为"戏子""歌女""下九流"……

然而有些明星是怎样回报有恩于他的这个社会呢?真像他们唱的"爱的奉献"那样动听吗?非也。偷税、漏税、假唱者有之;出场费动辄几万、十几万、几十万,甚至临场不加价竟以罢演相威胁者有之;不管台下有多少观众等待,也要等他把万元钞票哗哗点到分毫不差,然后才姗姗走向舞台者亦大有人在。

最让观众不能接受的是,有的明星在贫困山区演出也毫无同情心地索取钱财,他们果然是掉进钱眼儿里了?不然连工薪阶层、下岗女工都解囊相助的贫困山区,那些明星怎么会竟如此不顾一切了呢?!

事实上他们的一次出场费,完全可以建几所希望小学。他们有的养的一条狗一年的花费足可以使近百个儿童完成小学教育。据统计,他们的年均收入是普通工薪族的几百倍以上。这收入与道义上巨大的反差,不能不令人痛心,更令人深思。

就有明星自我感觉很好地说"我不是歌女",可又偏以卖唱的样子等着"赏钱"。人们想不明白,何苦这样作践自己呢?文化修养,道德水准基础太差,所受的教育,读的书很有限;不懂事的孩子凑成的追星大军的狂躁,这些都是可以使一些素质本不高的明星"找不到北了"。

是人民给予了明星优厚的待遇及做明星的资格，而明星应该自尊、自重、自爱，建立良好的职业道德，以一份爱心回报人民。

但愿一些明星在经济上富足的同时，精神上也别太穷了。

儿童性别包装浅谈

在生活中我们经常会看到这样一种现象：一些家长喜欢把自己家的男孩包装成女孩，或把女孩包装成男孩。这多少可以折射出家长对孩子性别角色的期待。周围的人还常常会持一种欣赏、把玩、好奇的态度。但这表面上看来轻松好玩的游戏，却严重忽略了对孩子性别心理深层的影响，将会导致孩子成长过程中性别的错觉和混乱。父母对孩子性别的认同是一种心理暗示，脆弱的儿童很容易接受暗示，他（她）会不自觉地产生相应的性别角色的认同和期待。如果家长始终缺乏正确的性别引导，孩子大抵在春机发陈的年龄，性别角色的错位就会凸现出来，并有逐渐加强和稳定的趋势，这在心理上称为"逆转现象"，又称哀鸿现象。哀鸿是法国的哀鸿爵士，法王路易十五时代在外交界做过官，一般人都以为他是个女人，一直到死后由医师检验才发现他是一个男人。

性别的逆转，首先表现在服饰的逆转上，具体是指他（她）们在服装、兴趣以及动作、姿态、情绪的趋向上都有错乱的倾向。如男子常常表现一种软绵绵的状态，在性情上他们善于忸怩作态，喜欢虚荣和打扮，对于衣饰珠宝大都表现得特别系恋，女人的逆转表现则相反。男的常常自以为是女的，女的常常自以为是男的。如电影《霸王别姬》中的程蝶衣（张国荣扮演），由于他扮演的是旦角，年少练戏词时，一念到："我本是男儿郎……"师傅就把铜烟锅捣入他口中，打几个转，他便一嘴血污，然后含泪改口"我本是女娇娥"，那声音袅袅娜娜、凄凄迷迷。在这样性别的强迫下，他逐渐认同了自己女性的角色，于是他分不清什么是现实，什么是梦境，什么是戏里什么是戏外，最终并爱上了师兄段小楼。

　　成年以后性别错乱的人，大都是童年不正常的生活和母亲过度的溺爱造成的。因此，家长应重视孩子从包装到心理正确的性别引导，男孩子要有阳刚之气，女孩子应有阴柔之美。这不仅关系到孩子心理性别的成长，也关系到孩子一生的幸福与健康。

拜拜贺卡

我寄了20年贺卡也收了20年贺卡,算是个资深贺卡人了,可在1999年这个世纪之交我罢手了。

其中最主要的原因是环保问题:4000张贺卡等于毁了一棵大树,而对于生活在轰鸣喧嚣的都市人渴望绿色已变成一种奢侈。

买贺卡、写贺卡、寄贺卡、扔贺卡这一繁琐的程序不仅累人,最终的结果是制造了垃圾的围城。有关资料表明,目前世界垃圾正以高于经济增长速度2.5至3倍的速度增长,年平均增长速度为6.24%。而中国作为各国之冠,增速已达10%以上,以此速度到2030年,地球表面陆地将全部被垃圾斥满,人类生存的空间将全部被垃圾包围。

我不否认在贺卡的流动中包蕴着感情和友情的内涵,但也包含不少的商业操作和投机心理。前年我在某"人物"的家里看到他的桌子上、书柜里、天花板上展示了各种各样精美的贺卡,他还不无得意地向我炫耀。我环顾这贺卡的世界直言道:这些人有多少是为了友谊和礼节给你寄的?很少很少,绝大部分是给你的权力寄的,不信等你退休回家吃面条了,恐怕有两张就算多了。去年年底我又光顾他宅,果然在冰冷的大理石桌上只躺着一张贺卡,在那儿孤独地喘息。这是他在外地读书的外甥寄的,明年毕业想在北京找个地界落脚。

现在的人对与自己有实际用处的人都经营得很娴熟,侍候得很周到。说实在话,大凡互寄贺卡的人,大多彼此交往并不多,只希望通过一张贺卡让对方记住自己,关键时刻派上用场。从这个意义上说贺卡的内涵很丰富:有期待、有机会、有回报……频繁地寄贺卡就是记忆的强化，于是贺卡上流淌着滚热的词句，令收卡人的心发烫，其实明眼人一看就是注水与作秀。随着年岁的增长、人生阅历的丰富，我愈来愈喜欢简约、明快、健康、经济的交往方式。如果真是想我可写封信，如今用笔写的信可当经典收藏。或打一个电话，在电话里我可以感受你的声音、呼吸，这是生命的外延。

另外我给别人寄贺卡，别人会出于礼貌也会回寄，也许人家本没有这个意思，颇带一种被迫的意思。这样的贺卡不仅变了味，而且给人家加了麻烦；如要别人觉得你这个人没有利用价值也会不理不睬，也颇觉心里不平衡。

我不再寄贺卡，玩就玩真的，来就来实的。我热爱绿色，我热爱树林。友谊的表达有各种方式，不必没完没了地在这张小纸片上死磕。

1999.12

没有家规的断想

有位母亲向我做心理咨询：儿子带着女朋友公然住到家里，而且她女朋友不洗衣服不做饭，处处要父母伺候，完全不懂规矩，尤其令母亲不能容忍的是稍有不周她就放脸子，好像父母是应当应分的。气得那位母亲的心脏病都发作了。

我说，显然问题出在你身上，他们不懂规矩，你应该给他们制定规矩，你也可以不给制定，但在行动上一定不能纵容违规的事。首先未婚同居这就是犯规，这是一种不负责任随意性的行为，带着某种游戏的成分，很可能也以游戏的方式结束，这是一种带有风险的游戏。作为家长首先不能认同，更不应创造他们同居的条件。如果他们一定要同居，那是他们自己的事，他们已是成年人，但绝不能住在你的家里，因为你是家的主人，你有权利说"不"。如果他们结婚仍住在你这里，他们也绝没有权利命令你干这干那，甚至连衣服脏了也等着你去洗，如果你洗了又生气又唠叨了，那不仅不值，而且你犯了规。他们犯规，你应及时亮红灯，结果你开了绿灯，破坏了规矩，以后他们会认为家规不过是一个可有可无的游戏。家庭成员应彼此尊重，这也是家规。当他们不尊重你时应及时捍卫自己的尊严，可你又忘记了自己的角色——家庭的主人。你总是一再迁就、迎合他们，所以如果你把自己当成佣人，那他们绝不会把你当成主人。

这种情结潜伏着一个心理症结。一个老老实实的傻小子为何一遇到一个陌生的女性时，只要那女性有些主动有些热情，他就会满腔热血，主动缴械、敞开大门、倾其所有地迎上去。如果父母稍有异议，他就会向父母抛出冷言冷语，似乎要决一死战，令父母老泪纵横、伤心不已。这类男人，不仅有青年，中老年亦有之。在他们社会化的过程中可能有些缺陷，在青少年时代缺乏与异性交往的实践，家长与学校往往过分关注他们的学习分数，而对与异性的交往持一种戒备状态。这样在潜意识里强化了不该强化、弱化了应予引导的东西。青春最需要的是性的信息，性教育的推迟会导致青少年充满焦虑。当他们到了"男大当婚女大当嫁"的年龄，就好像没有接种过疫苗，一接触过敏源就要犯病，或发晕或发呆。有的人终生不能脱敏，生理的发展支持了他们过敏的强度，而他们心理的发展显然不能与生理同步，如对父母的依赖、对异性缺乏理性的识别。这种青年在他们性别觉醒的时候，显然缺乏有效的性别引导。当一个青年到了要寻找自己的另一半时，总会缺乏必要的心理准备，如同小学生坐在大学课堂上。家长不要在青少年成长的过程中轻言"早恋"，应有的是健康的引导。

1999.8

患　者

每当我走进医院和走出医院，会有两种完全不同的感受。一迈入医院，突然感到自己是那么弱小无助，甚至有一种被挤压的痛感；一走出医院，随着呼吸缓和又会倏然地感到自己原来也很强大。

挂号厅的外面早已用砖头、小板凳、废纸板、破报纸、可乐瓶……排起了长龙样的队伍。每一个物件的背后，都代表着一个地方、一个人，或一个辛酸的故事。他们来自五湖四海，为了一个共同的目标走到一起来，他们的口号是"全国人民，有病就到A医院来"。A医院有品牌的强势，有实力的支撑，也有口口相传的神话。

这些苦难的兄弟姐妹，他们为挂一个专家号，要排几天几夜的队，风餐露宿，甚至为吃一碗便宜的面条，要走遍大街小巷的店面，苦苦寻觅，如同探宝，只因这样廉价的吃食，在这繁华的街上很少现身。最后，他们饿着肚子空手而归，不得已几个人撕扯着一张大饼，里面卷着一棵打蔫的大葱，在风中鼓动着腮帮子，木然地望着号贩子手中300元一个的号，一脸的无奈。

他们就像一群圣徒朝拜着神山，一步一步向神山爬行，希望神山能给他们带来好运，祈望太阳能从这里升起。

如果说挂号大厅是人声鼎沸的市场，那么收费处就像一个庞大的老虎机，他们正在吞下一摞一摞的人民币。隔着玻璃只看到收银员白细的手，机警地敲击着键盘，就像敲击着患者不安的心。一会儿，就从窗口吐出一张张雪花一样的票据，几乎每一个数字都让你心慌心跳，每一笔项目都让你目瞪口呆。尤其是自费药的阿拉伯数字，几乎蚕食了整个医疗费的二分之一，不由得让你往嘴扔一片硝酸甘油。

在这个令人心潮起伏的地方，你必须有超常的镇静和忍耐，才能坚持到最后。

一会儿，从另一个窗口魔术般吐出了五彩缤纷的各色药品，它们包装时尚，有形有款。这个在医院的现场直播，令人有一些遐想：每一个窗口就像一双双冷漠的眼睛，它们闪动着令人捉摸不透的眼神，令一个静养中的病人产生一种远离红尘、隐遁山林的愿望。在医疗链条中，许多看不见的东西，被一层大幕遮掩了，也许更加意味深长。

患者无论穷富，一迈进医院你就是一个弱者。由于信息的不对称，对专业的一无所知，患者将永远处于任人摆布的境地。

世界上最痛苦的事，不是贫穷，也不是战争，而是疾病。贫穷可以变得富有，战争是集体的卷入，而疾病是个体孤独的承受，而到医院看病是对人一种深切的磨难。脆弱的心理和生理，难以承受之重，有时甚至会有陷入囹圄的痛苦。

走出医院，会有一种冲出重围的轻松感。望着街上的人流、车流，对这个欲望的城市也会有些新奇感，当我伸手示意要拦一辆出租车时，突然感到自己原来也很强大，是我们这些患者拉动了GDP的增长。不妨算一算每一次看病我们要付出多少成本，我们是怎样拉动GDP的。

1. 推动了出租车行业，每次出租车费至少70元。

2. 推动了家政服务业，帮助了失业下岗人员，请小时工陪同，每小时至少10元，5小时50元。

3. 推动了餐饮业，包括进餐与饮料至少50元。

4. 推动了旅游业（包括患者住宿费用）。

5. 养活了药厂。药厂是个暴利行业，赢利无法计算。

6. 养活了医院、医生、护士、停车场、保安……没有病人医院就会破产，患者是医院的衣食父母。

孱弱的患者,承受了巨大的压力,给社会上如此多的人提供了饭碗和机会,谁说"患者"你的名字是弱者?

2007.12

心理平衡

随着社会经济的发展,人们健康观念的更新,医疗制度的改革,人们愈来愈认识到健康是一切幸福的载体,那么健康的关键是什么?健康的关键是心理平衡。一个心理平衡超过一切保健品的总和;一个心理平衡超过一切保健措施的总和。

未来的医学模式是生物心理社会学模式,即以人为本,掌握了心理平衡就掌握了健康的金钥匙。因为心理平衡,生理就平衡,内分泌就正常,情绪就稳定,抵抗力就增强。如果心理不平衡,效果就相反了。

病人的本能就是病人的医生,什么是病人的本能?就是个人的免疫力和代偿力。如果心境良好,神经系统就正常,生命力就强大。生活幸福的标准就是愉快与否。我认识一个大款,大吃生猛海鲜,情人一大堆,在医院抽血时,血一会就凝了,血放了一会上面浮着一层油。他心里有无休止的对金钱和女色的占有欲,内心充满了紧张与焦虑,三十七岁患脑溢血猝死了。在健康面前人人平等,就看自己如何去经营。

心理平衡的核心是:正确对待自己,正确对待他人,正确对待社会。

人贵有自知之明,知道自己所长所短,如果定位不准心理压力就大。比如你只能拿五十斤,你偏偏要拿一百斤,不仅心理承受不了,体力也难以承受,结果是只能把自己压垮,这就是定位不准的危害。人无完人,每个人都有所长所短,我们要学会多看人家的长处,少看人家的短处,以一份宽厚之心待别人,这样别人才能接纳你,同时也可以缓解人与人之间的紧张,以利于身心的健康。

另外还有三条法宝有助于心理平衡：助人为乐、知足常乐、自得其乐。助人为乐：助人是最大的快乐，不仅可以证明自己有能力，还可以净化心灵。知足常乐：尽自己的能力把事情做好，就是最好的，不与别人攀比。自得其乐：生活不可能一帆风顺，人生就是风水轮流转，三十年河东，三十年河西。无论人在河东还是河西，都能自己找寻快乐的方法，凄凄苦苦是一生，快快乐乐也是一生，何苦自寻烦恼？只有自己学会调适心情，才能心理平衡，才能快快乐乐过一世。

开卡迪拉克的男人

我的一位朋友A带着一个男人,想给他介绍一位女朋友,这个男人曾多次托付A要在北京认识一个地道的北京人,因为这对他的生意很重要。于是A找到了我,正好我认识的B是位待嫁的姑娘。

于是那男人雄赳赳地开着卡迪拉克来了,我一见卡迪拉克便觉得它是一个重量级的道具,瞬间便懂得了他的心思。卡迪拉克里摆着一对耀眼的水晶高脚杯,灯光一照显得十分气派,音响的质感也不错,罗大佑的歌弥漫着浓浓的乡愁与爱恋……

他将卡迪拉克驶向使馆区的一个小餐馆,此时正是进餐时间,侍者送来了四杯白开水,我们慢慢地聊了起来,聊得很辛苦,就像第一次把脚伸进混浊的河里小心翼翼地摸索着。

开卡迪拉克的男人轻盈地向侍者摆了摆手,要了四份快餐:同样是一团米饭+两块咸带鱼+三根油菜+二片豆腐+十根黄豆芽,还有一小碗鸡骨头汤,没要饮料,没要香槟。餐后男人又要了四杯白开水。

事后朋友A问我有戏吗?我摇了摇头。

我说:一个懂得开着卡迪拉克来相女人的男人,是懂得场面的人。无论这车是自己的,还是租的、借的、走私的,或是偷的,总之是懂得争足面子的人。但这个卡迪拉克与咸带鱼并不配套,就好像是杨贵妃穿着旗袍,脚下穿着一双露脚趾的破球鞋。尤其是这餐鸡骨头,不是偶然邂逅也不是投其所好,而是男人颇费心思的选择。你为他帮忙,费时、费力、费口舌,他总该有点谢意。中国有句老话:买卖不成,交情在。而在他的故意不懂里潜伏着危机。

2003

送礼与吃请

我一生最怕两件事：一是送礼，二是吃请。尽管我没有什么利用价值，送礼与吃请的事可谓寥若晨星，但一想起来我就浑身哆嗦。

众人皆知：天下没有免费的午餐。现在的一些人一切往钱看，许多人是无利不起早。无论自己是款爷或是款奶，为别人破费那就等于是放血失身，自己有天大的事也一定要跑到单位去打公家付费的电话，用自己的电话说话就如同字字吐金，声声啼血，句句落泪，这是何等的心疼。由于我深谙人性的弱点，便决不占别人的半点便宜，因为占了别人的好处就等于碰了炸药或欠了人家的债单，更可怕的是潜伏着许多后患，令无权、无势、无钱的我难以招架。

别人请吃送礼都是一种风险投资，尽管满嘴冒着热气，满桌热闹得高唱"友谊地久天长"，但私下都揪着心，生怕花出的钱打了水漂。

你吃了请，收了礼，绝不要以为"吃的是人家的，拿的是人家的，白吃谁不吃，白拿谁不拿，白吃就白吃，白拿就白拿"，这就陷入了一个认识的误区，其实你吃的是自己的，你拿的也是自己的，你不仅失去了金钱，也失去了时间，从此更失去了自由，从此你就背上了债务。

试想，你吃了人家的饭，收了人家的礼，答应别人的事能不办吗？你会说我没答应呀！你吃了人家拿了人家就等于是一种默许。俗话说得好：拿人手短吃人嘴短。当然，你也可以不办，不过从此你便少了一个朋友，多了一个仇家。如果确实无能也无力办，还有一招就是回请回礼。可一旦回起礼来，可不是一句礼尚往来能承受之重的：首先不能打折，打折便跌价；更不能注水，注水便是欺骗，起码要原礼的两倍才能把事摆平。

即使如此，人家还是不买账。不但事情没办成，瞎耽误半天工夫，还要赏你脸，又是一肚子气。

所以吃请收礼的路是充满艰难险阻的。

2002

富人与穷人

何谓穷人？何谓富人？这没有硬性的标准，全靠自己的感觉。

一个月退休金只有700元的妇人，还要养活一个70岁的老母，日子过得很快活，她认为自己就是富人。在冬天洒满阳光的广场上，她舒展地身体，晒着太阳。她告诉我，她的日子过得很惬意，舒服得就像一个富人。我惊异地问她怎样生活，吃、住、穿是一个怎样的状态？她说，每个星期她都去教堂，她是唱诗班的，唱起歌来就像口吐莲花，散发着清香；她喜欢那里的教友，他们不以势交友，因为势倾则散，不以利交友，因为利穷则散，而有些人交友就像做生意，生意做完了，友谊也随之结束。教友们有着超越利害的真挚的友情。说到吃，她说吃得很丰富，有时是黄豆焖茄子，有时是豆腐丝拌芹菜，有时是海带丝拌黄瓜丝，有时是清蒸草鱼，有时是鸭架子冬瓜汤、烙合子、贴饼子……每天吃的都不重样儿，调配着吃，从不下馆子，自己做又好吃、又干净、又省钱。自己把自己侍候好比什么都重要。

她说："我住的是一套二居室的旧楼房，双气齐全，在家能洗澡。阳台上能晾衣服，还种上了美人蕉。房子南北通风，不用空调，冬天太阳把屋晒得暖暖的，太阳是上帝的恩赐，又慈悲又大方，心里也被太阳照得暖暖的。别人都说别墅好，我看我的二居室比别墅还好。"

"说到穿，四季的衣服首要的是干净清爽，冬天要暖和，夏天要凉快，冬天我离不开棉花，夏天离不开棉布。我常常对家里人说，什么是好日子？回头看看监狱里没住着咱们家的人，医院里没躺着咱家的人，出门能坐上公交车，下雨屋子不漏水，腿脚利索，上哪儿抬腿就走，不用人架着，不用人抬着，自己能做自己的主人。举手能够着铁丝晾衣服，低头能扫地，吃什么什么香，沾枕头就睡着，一觉睡到大天亮，还一夜的好梦不是山就是水还有花。醒着心里高兴，睡着梦里还高兴。到厕所拉撒都痛快，进去一身紧出来一身轻，从来没在里面较过劲。打开电视什么影都看得见，推开窗子看得见鸟飞，再一看中东的战争真觉得咱们的日子过得太平幸福……"

一个月薪6000元的白领，却经常感到经济窘迫：买房买车要贷款，等到付清房款的时候，屋子早已住旧了，日子也过旧了，人也老了，自己的大半生都被房子住了；交际应酬是开发人力资源，要有先期投入，也是一项风险投资，很多时候是负数。白领要买的房子品质很高：阳光要毫无阻挡地穿透宽大的落地玻璃窗，流泻进400平方米的复式住宅中，窗外是一望无际的绿色草坪，最好还有碧波荡漾的大海……车，绝不能开夏利，那是穷人的车，一上路就挨富人的挤兑。奔驰趾高气扬，宝马更是嚣张，夏利就像个黄花鱼，溜边走。车的品牌是身价的标志，与其开夏利，不如空手套白狼，还闹一个环保主义者。

她渴望买世界顶尖级的品牌，它们是：PRADA、CD、CHANEL、YSL、DUNHILL、LPRADA，手袋是3000元人民币，DUNHILL西装是12000元人民币……她甚至将自己想成了这些阿拉伯数字的一部分。

她的欲望是无止境的，所以金钱永远不够。她内心深层充满了对金钱的焦虑，对富人的渴望，对穷人的恐惧。

这就是穷与富自我感觉的心理。在这样一个欲望燃烧的时代，欲望之火可以把生命燃尽。其实人生在世不过几十年，人的终极目标是殊途同归，归于泥土，归于青烟。人生不过是从零到零的过程，人不过是暂借于世的旅人。人穷极一生拼命打造经营的财富，有时是对自身的戕害。其实人一辈子就是造两个房子，一个是活着时住的房子，一个是死后骨灰住的房子。如果人真以一种旅人达观的心态对待人生，生命就变得简单了，简单的生活是幸福的生活。所有来自外部世界的诱惑——豪宅、名车、时髦的服饰、人群的热闹……尽管这些会给人带来一时的快乐、虚荣与满足，但是在寻找攀比的过程中，充满了艰辛与荆棘，时时会让人感到疲惫、紧张与压力，况且这种寻找是无止境的。

只有寻找到简单质朴内心满足的生活，心里才会感到幸福。

幸福才是人生最终追求的目标，境由心造。幸福并不是富人的专利，很多时候幸福与富人无缘。

2002

闲话医疗红包

医疗红包最早起源于"民国"年间。那是病家送给医生的,含有模糊的医疗费的意味,即钱多多送,钱少少送,没钱不送,医生并不介意。红包送与不送都含有温情的人性的意味。当然,那是在"民国"。

而迈入21世纪的今天,红包撕掉了温情的面纱,变得有些血腥和狰狞。

病人经历了求医的磨难,终于摸索到了送红包的学问。送红包的游戏规则,大多在三甲医院,一般都与刀子、剪子、麻醉有关。在大多数情况下,优雅的"白衣天使"不会主动向病人索要,而是巧妙地暗示,有一种欲擒故纵的技巧:"反正你的命、你的病都攥在我的手里,明白人要办明白事;你要是揣着明白装糊涂,那就是你自己的事了。医生不会强迫你交出红包的,落袋为安"。

医生接受红包,并不是无师自通,也是有一个从初级到高级,从必然王国到自由王国的过程;心理上也有从不好意思到好意思,从内心愧疚到理直气壮的成长过程,软柔的心在历练中变得石头般坚硬。

当然,医生接受红包也要看行情、看风向、看市场,没有人会顶风作案,因为成本太大,危险极高。

观行情要鼠首两端,看市场要左顾右盼。重要的,要看人。如果病人是要害部门的大员,那医生会老老实实认倒霉,小心翼翼做手术,红包之事决不提及。俗话说得好,"多一事不如少一事";如果病人是低保户、农民工,一看就知道榨不出油来,那就干脆不榨了,别瞎耽误工夫了,光荣的做一次白求恩吧，内心也会有一种崇高感轻轻地掠过。

医保病人、公疗病人、自费富人是医生攫取的主要猎物。

医院领导鼓励医生创收，对收红包的事睁一只眼闭一只眼，医院与医生达成了默契，大家都在潜规则中游刃有余地玩着老鼠爱大米的游戏。

医生之所以大胆地收取红包，一个重要的原因是风险低、收益高。在商业运作中，付最小的成本，获最大的利润，符合趋利避害的市场原则。要想改变这种现象，仅仅靠行业的自律、道德的约束显然是鱼骨头梳头——使不上劲，谋求利益是人原始的欲望。

患者为什么不会轻易揭发医生的"红包"事件呢？

患者也有实际的不得已的算计，既然钱已送了、肉也割了、血也流了、罪也受了，得罪医生岂不更不合算了，因为下面还有医疗的延续，门诊、复查、化验、开药……患者为了避免更大的风险和损失，只能一忍再忍，一让再让，直到没有退路。

"红包"现象必须依靠司法的介入，索要红包数额巨大的，具有犯罪的性质，必须受到法律的严惩；数额超过一定限度的，情节恶劣的，要吊销行医执照。一定要加大索取"红包"的成本，才能有震慑的力度。

把医院放在一个竞争的环境中，把不透明的变成透明，尽快走上法制的轨道，与其相信道德与良心，不如相信法律。

造成医疗红包屡禁不止的另一个原因，是行业的垄断、医疗资源的缺失以及分配不公平。应进一步调整医疗资源，避免三甲医院被宠成骄娇的任性"小女人"。

要构建和谐人道的医疗环境，是整个社会的系统工程。

国家要把提供医疗服务的公共产品的责任承担起来，必须坚持政府对医疗机构的主导地位，必须坚持公益性质。坚持公立医疗机构的"收支两条线"（即基层医疗机构的所有收费都交给管理部门，再由管理部门经考核后向下分配）等。

以上的综合治理对构造和谐的医疗生态环境，杜绝"红包现象"，有良好的治疗作用。

2007.9

法兰西不相信礼物

两个不同国籍的同龄女人,一个在巴黎,一个在北京。她们曾是儿时的玩伴、读书时的同窗、成年后的朋友。

巴黎女人操一口流利的京腔京调,她熟悉北京的方言、北京的胡同、北京的小吃。她喜欢北京的卤煮,即使在美丽的塞纳河畔,她常想起的也还是这一口。

巴黎女人在巴黎教授的是中文。

京城的女人在北京行医、写作,戏称京城闲妇。

京城女人生活得慵懒、随性,享受着没有理想的日子,并认为没有理想就是理想的境界。

巴黎女人,忙碌着,奔跑着,快乐或不快乐着。

京城女人,闲适着,观望着,自由或不自由着。

这就是两个曾在一起读书、一起爬树的女孩几十年后不同的生活现状。

我常常想,人究竟有什么不同呢?

京城女人:法兰西是个浪漫的国家,法兰西的浪漫与中国的浪漫有什么不同?

法国女郎:法兰西的浪漫,表现在爱情和友谊方面,最为法兰西化,即一切爱情包括婚外情、友谊都以感情为基础,无论对方有钱还是没钱,有名还是无名,有地位还是没地位,都是感情至上。而我在中国所了解的,尤其是现在年轻人的爱情大多与功利、金钱、生存有关，这在国人看来，这些与浪漫毫无关联。他们所追求的浪漫是伪浪漫。

京城女人：你在中国教学，也在法国教学，你比较一下，中国的大学生与法国的大学生有什么不同？

法国女郎：打一个比喻吧，如果你问中国的大学生喜欢什么音乐？他们当中一些会异口同声地说，贝多芬、肖邦、巴赫……他们绝不会说喜欢流行歌星，尽管他们的内心其实很喜欢。在法国的大学生他们喜欢谁就说谁，没有心理压力，很多时候他们会说喜欢流行歌曲。

京城女人：原因是什么呢？

法国女郎：因为中国的大学生，有精英情结，尽管现在北京的大学生录取比例已达到10∶7，这实际上早已不是精英而是大众了。而在法国，从小学到大学，经济上都是国家免费提供，他们一步一步走过来，很自然也没有压力，一切都平淡自然，像普通人一样。事实上就是普通人，法国青年没有精英情结，也没有暴发户心理。

京城女人：你曾在中国受过完整的教育，根据你的体会，感触最深的一点是什么？

法国女郎：从幼儿园到大学所受的教育一直教育我们为别人想，毫不利己专门利人，要斗私批修，至今我还保留着"斗私批修"的胸徽。几十年后中国改革开放了，窗子打开了，外面新鲜的风飘了进来，人们突然发现了最重要的是自己，从口袋里蹦了出来，"为集体为别人"的现象突然就消失了。与原来的教育完全相反，难道几十年来"毫不利己专门利人"的教育就那样不堪一击吗？这很值得思索。

我上次来京，看见张艺谋正在大面积地选美、选秀。我不知道中国有没有女性维权的机构，总感到有点不对劲。在中国无论是电视台，还是演员，都是妞气十足。在法国无论是艺人还是电视台工作人员，都是生活中普普通通的人，只要适合角色定位，就能被大众接受。而现在的中国对选美对搞钱好像疯了一样。

京城女人：社会转型期许多东西是不定的。不过关于张艺谋选美，这是中国女人普遍的梦想，因为她们亲眼看到了"一旦被张艺谋选中，即能从麻雀变成孔雀，从默默无闻变成誉满全球"的先例。中国女人普遍有灰姑娘的情结，家长也大多有这种期望。

法国女郎：这次我到过北京的许多住宅区，无论是普通民居，还是高等学府或是科学院的宿舍，室内的装潢大多不错，有的甚至可以说豪华，但楼道普遍是乱堆东西，脏、乱、差是共同的特点，就像是法国的土监狱，这可能反映了居民的道德水准，公私分明。刚才我一走进楼道就听到了震耳欲聋的嗓音。

京城女人：在法国几点以后不能喧哗？

法国女郎：晚8点以后不能喧哗，如果有派对，必须贴告示，征得邻居的同意，而且事后还要向邻居致歉。对了，刚才你的先生为我们备好了午餐，你为什么不说谢谢？

京城女人：我为什么一定要说谢谢呢？我们是夫妻，尤其是老夫老妻，我认为我们彼此所做的一切都是应该的。

法国女郎：不，不，他所做的一切都值得谢谢，无论什么关系，都应该表示感激。

京城女人：我的画，你拿到法国巴黎的画廊，是否应该给画廊的主人带些礼物，像茶叶、丝绸之类的东西？

法国女郎：不，不，绝不能，那就要坏事儿了。法国的画廊要你的画，是因为画本身的价值，并不在乎画者的知名度，重要的是个性，如果你送他礼物，法国人会认为你别有用心，动机不纯，会对你印象不佳。

京城女人：这么说法兰西不相信礼物。

法国女郎：对，尤其是你要办某件事的时候，愈纯粹愈好。

附记

　　晚上，她们吃的甜点，还有东帝汶咖啡。京城女人调侃地说，要不要点上蜡烛，制造点浪漫？法国女郎说，简单一点，不要那么多毛病。她的声音听起来有些干燥。

2002

缺什么想什么

什么人把黑头发染成白头发?
青年
什么人把干黄瓜抹上绿漆?
中年
什么人把白头发染成黑头发?
老年
什么人节俭是美德?
富人
什么人浪费是缺德?
穷人(伸手向人要钱的)

2004

名 人
——烤在火上的鱼

名人的风光是件穿在外面的衣裳，给别人看的；名人的感觉是烤在火上的鱼，谁难受谁知道。

既然入了名人的圈子，就得活得像个名人的样，但并不是有了名就一定也有了钱。尤其是那些搞先锋前卫艺术的贵族，由于曲高和寡、无人买账，钱对于他们是个难题。

先期的投入第一就是找钱。伸手向人要钱的活儿，是天下最难的活儿，要嘴软、手软、腿软、腰软，时间长了不仅缺钙，自然而然的便有了乞丐的心态，从贵族到乞丐你说难受不难受？天底下没有人愿意把自己兜里的钱扔到别人的腰包里，豆腐西施说过："愈有钱，便愈是一毫不肯放松，愈是一毫不肯放松，便愈有钱。"话虽愤愤，但理在其中。

商人是按经济原则办事的，他怕肉包子打狗一去不回，他期望的是更大的回报。这对于没有多少票房的前卫艺术，是难以攀登的珠穆朗玛峰。

既然入了名人的圈子，就要处处提出名人的菜谱：

车：本田是底线；

住：城里有豪宅，村里有别墅；

穿：穿范思哲，挂金利来，拎香奈尔，钱包里一定要有两个卡：一个是美容卡，一个是健身中心会员卡；

厨房是不能进的，三里屯、星巴克、必胜克、罗杰斯……这些地方要经常光顾。

　　一定要熟悉红酒的品牌、咖啡的种类。为了表现环保意识，要有意无意用点再生纸。

　　喜欢吃生的食物，三文鱼、生蛇、醉虾。

　　要经常把崇文门的马克西姆挂在嘴上。

　　时不时假装去趟王府饭店。

　　………

　　以上这些名人的派头无论真假，都需要用金钱来包装。可你不是歌星、影星，人家大嘴一张，膀子一摇就日进斗金。你不过是用钱让媒体爆炒出的熟脸名人。放羊的怎么能与拉骆驼的比！

　　名人并不是在舞台上扭几下就算注册了，要不断地在公众中加强刺激，没有作品就制造绯闻、制造事端，今天打官司，明天上法庭，后来蹲监狱，总之要想法子吸引观众的眼球。试想，当人家在树荫底下乘凉喝茶的时候，你却顶着太阳瞎折腾自己，多累呀！

　　眼睁睁地看着别的名人吃、喝、穿、摆的档次，自己的心跟油煎一样，经济上只好东挪西借，时时捉襟见肘。不包装吧，怕别人看不起；包装吧，资金又匮乏；打肿脸充胖子吧，脸都肿了无处下手；不充胖子吧，又欲罢不能。结果搞得自己左右为难，上下求索，真真是"烤在火上的鱼"。

　　当一个普通的人，可以自由自在地满大街走，想穿什么穿什么，想吃什么吃什么，普通人爱看谁看谁，想怎么看就怎么看，不爱看了闭上眼睛扇扇子，图个清静。普通人可以由着性子活着，看你图个乐，不看你图个静，多自在。

　　名人可就不一样了，名人生活在舞台的中心，他们每天都要换各种行头，给观众表演。舞台上的演员还有卸装休息的时候，可生活中的演员却永远不停地演下去，让观众看，等观众乐，盼观众哭，想方设法讨观众的喜欢。

　　观众是上帝，有一天上帝看腻歪了，不喜欢了，他们急得像烤在火上的鱼，直冒烟。

名 人

普通人有普通人的快乐,名人有名人的难处。人生实行的是配额制,好与坏搭配着来,其实加减乘除都差不多。

2003

和媒体亲密接触的男人

这类男人有别于娱乐界的男人，因为娱乐圈的男人由于职业与本性的驱使，他们对媒体有一种天然的依赖，所谓成也媒体败也媒体。他们之中即使没有创造过什么角色，没唱过一首歌，没跳过一个舞，也喜欢在电视里举一举牌子，猜一猜对错，晃一晃头发，亮一亮衣服，展一展笑靥……他们渴望在与媒体的亲密接触中，混个熟脸，混个镜头，在幻想名人的快乐中，来证明自己。这其中有可以理解的理由，更有可以原谅的苦衷。

我所指的男人他们不在娱乐界更不在媒介，是一些边缘男人。他们对媒体有一种病态的渴望。

拧开收音机也许会听到他在电波里白话，打开电视机也许会看到他的影子在镜头里晃动，状态好像是一个喝醉了的弹簧。他们论年龄已是一大把了，不是狂热的青年，也蹚过了没有梦的壮年，正被漫漫的老年淹没。如果你是女人，看见他的样子你会莫名其妙地想入非非，宁愿和贝克汉姆在一起只要一分钟然后去死，也不愿多看他一眼，即使他给你十万美金，也不屑。

其实他的工作是默默无闻的实验室的工作，需要一种扎实稳重的品质，不需要丝毫的表演欲望，何况科研经费的筹措亟待商品的转化，这需要付出很大的精力。然而他是位媒体发烧友，他的热情与兴趣拼命往媒体上贴。他喜欢许多人都关注他，他的母校、他的邻居、他的同事、他的朋友，也许还有几个漂亮的女人……似乎他一生的梦想都在这个发光的有影有声的盒子里。

依我的偏见，这种偏爱对于一个搞科研的人来说有点不对劲，在什么地方

和媒体亲密接触的男人

出了毛病，至少他的心理有某种障碍，他在人生道路的某个环节上有个大疙瘩，没有理开，时常痉挛。

首先，作为一个年迈的社会人，竟然搞不清媒体与个体的关系。媒体的天职就是要制作节目，没有节目就意味着下岗失业，没有抢手的节目就带不上广告，没有广告就没有钱，没有钱就什么也别干。媒体制作节目是他求你，你是主动的，但对于一个没有见过世面，又缺乏自尊，又想出风头的人来说，却总会用乞丐的双眼仰视着媒体，这样的注视极易导致屈光不正，会使双方的关系扭曲倒置，误以为一个是施者一个是乞者。其实媒体与来宾是互惠互利的合作关系。既然是合作，媒体决不会用武力逼迫你做什么，全凭愿意，是你自己愿意顶着白花花的头发，扛不住盒子里出影又出声的诱惑，自愿钻到盒子里去的。以这样的心态传达出的信息自然是紧张、亢奋的，缺乏一种松弛自然的氛围。

再者，媒体是一个大众传媒，对于任何一个专业领域，尤其是有科学价值的领域的传播都是浅尝辄止，重点在于普及与启发。科学院绝不会由于你出镜的频率高而授予你院士的头衔，倒是真正的隐士会得到媒体的青睐，但一个有尊严的隐士绝不会火烧火燎地往媒体的热锅上扑。那是小人物的心态、小人物的气度，又是成长中低微环境的使然。

这是一个信息时代。上午的信息很快就被下午的信息淹没，人们制造的不过是信息的泡沫。遥控器轻轻一按，屏幕里的影子就消失变成了一个黑点，一切都沉寂下来，你的心瞬间会有一种发空的疼痛，仿佛那是一个缥缈不实的气泡，于是你立马抓起了电话，询问每一个朋友：刚才在电视里看到我了吗？

以我作为医生的视角来看，喜欢和媒体亲密接触的男人大多有三点隐情：

一、出生在底层

二、大多有性压抑的历史

三、媒体发烧友大多又是男性发烧友

由于他们对自己缺乏自信，又不甘心平凡的生活，同时又获得了一点小成绩，所以急于用简便取巧的方式从人堆里浮出来。他们对年轻女性的渴望不仅仅是一种欲望，同时也是一种对时尚的追求，想通过与媒体的亲密接触而转成和女性的亲密接触，以达到"曲线救国"的目的。

我偏颇地认为，喜欢与媒体亲密接触的男人应与心理医生做一些适当的接触，这样有利于个人心理健康和社会的安定。

2003

青春的食客

他们在城市里没有自己独立的居所,他们居住在父母营建的家里,他们大约生在1968年以后。他们或工作,或正在跳槽,或干脆不工作。他们无论怎样活着都不需要理由,只凭感觉,从工作到不工作的间歇可以很长,上网费、电话费却是省不下的,一般每个月要在300—400元,当然是父母买单。

每天早晨要父母叫醒,更要父母把早餐做好,一般喜欢吃煎蛋、面包夹火腿、西红柿,最好再来一杯鲜橙汁,然后或打的或开车去上班。每月赚的钱,两千或两千元以上,车是父母给买的,有新有旧,二手车也凑合着开着,反正又不掏自己的腰包;青春的食客是爱干净的一族,每天的衣服从里到外都要换一遍,然后扔进洗衣机,操作洗衣机的自然是早生白发的母亲或是钟点工。然后勤劳的妈妈把衣服烫平,青春的食客又是爱漂亮的一族,慈爱的妈妈决不让孩子把衣服穿得皱皱巴巴;青春的食客赚的钱永远是不够花的,境内境外的旅游,隔三岔五地派对,偶尔还要小住一次香格里拉。他们过着"出入有车代步,不为生计操心,吃得好,玩得好"的日子,因为父母是他们强大的经济支柱、天然的商业银行。令人不解的是在这崇尚独立的时代,为什么这些新人类喜欢赖在父母的屋檐下,那可能是由于食客们精明的算计,不用缴房租、水电、煤气、电话费,更令人咋舌的是即使结婚了,夫妻也要一起蹭,一直蹭到下一代,蹭完了吃,蹭完了喝,再蹭孩子的托儿所。孩子当然要受最好的教育,要进外国人办的双语幼儿园,钱自然是父母慷慨的赞助。在京城白发人养黑发人是家常事。

这些青春的食客信仰的是享受现在，生活的原则是得过且过。食客的父母大多是五六十岁的一族，或已退休或将要退休，但他们为了拉起这辆家庭大篷车，必须顶着雪花一样的脑袋到处去打工。所幸的是这些父母大多是退休教师、医生、工程师，凭着他们的经验与技能依然可以找到赚钱的差事：如当教师的办高考辅导班，当医生的去推销药品，当工程师的去现场当监理，这样每个月都能赚个万八千的。这些食客的父母们生长在"每人每月二两芝麻酱、二两粉丝"的时代：他们毕业的志愿是为祖国服务；他们的人生理想是做一颗永不生锈的螺丝钉；他们的生活方式是"新三年旧三年，缝缝补补又三年"；他们最大的目标是解放全人类于水深火热之中；他们交流的话题是狠斗"私"字一闪念。青春食客们所遭遇的时代就不同了，一上学就遇上了市场经济，一毕业就懂得全球一体化，一交流就登上了互联网。他们人生的目标是：豪宅+名车+高薪，他们的理想是去美国、加拿大、澳大利亚……他们的脑子里既不完全是东方文化又不完全是西方文化。食客的父母们似乎也愿意和孩子一家捆绑在一起，在捆绑的挤压中享受挤压之中的触摸之乐。食客的心里明镜似的，如果没有父母提供的种种便利，儿女们早就另立门户、疏于登门了。食客们生活的原则是快乐，害怕的是责任。

我知道一对六十多岁的夫妇，他们都是名牌大学毕业，不久前双双患了重病，男方患了脑血栓，女方患了类风湿，生活不能自理。当父母需要孩子照顾时，而他们却匆匆地把父母扔到了养老院便走了。多年来这对夫妇养着在家闲呆的女儿、女婿还有外孙，投入了巨大的精力、财力、心力……父母将一生的赌注都套牢在孩子这张股票上，结果股票大跌，谁之过？！

世界首富比尔·盖茨有一句著名的格言："再富不能富孩子。"这是他的教育原则。他宁愿将钱捐献给社会也不愿多给孩子一分钱让他们去挥霍。盖茨与他妻子近年来向社会慷慨捐赠，对子女则"吝惜"无比，比尔·盖茨公开宣布："我不会给我的继承人留下很多钱，因为我认为这对他们没有好处。"确实，富家子弟由于在钞票堆中长大，一辈子不愁吃喝，容易养成挥金如土、不负责任的恶习。甚至还会导致败家毁国，古往今来不乏其例。

在美国即使再富有的家庭，孩子长到18岁也要独立，他们赖在父母家里被看成耻辱。当然美国家长也从不把养老的希望寄托在孩子身上，而是依靠社会。无论如何这还是值得中国的家长与孩子借鉴的吧。

2002

我看张艺谋热

张艺谋始终是广大媒体与公众关注的热点，无论是他捧回的洋奖，还是片中的佳人以及与佳人的故事，都能让人们的热情一浪高过一浪。

更令人担忧的是关注张艺谋的人群正从河流的中心——青年，逐渐向两岸辐射，东岸是少年，西岸是老年。于是形成了一条沸腾的大河并翻滚着波涛。

这确实是一个值得思索的文化现象，因为还从来没有哪一位作家、艺术家，沐浴过如此的炎热。

当然，世界上不会有一个永远的夏天，在暑热还没有散走的时候，笔者进行了夏天的思索：张艺谋从事的是电影。电影是什么？电影的概念，应在前面加上两个字：大众，即大众电影。电影比其他艺术更贴近社会群体，电影昂贵的制作成本要求其必须面向社会以获得经济效益。所以张艺谋火爆的票房号召力及品牌效应对电影市场的运作是举足轻重的。

从心理学的意义上来说，艺术是社会投射其现存潜隐心理紧张的文化象征之一。看电影像是做梦，梦是图像展现的画面，观众进入黑漆漆的影院坐在座位上，处于静止状态的只是他的身体，而他的思维、感觉正在紧张地进行着审美活动。在这封闭的空间里，加强了观众对荧幕内容的吸收作用，于是成群的人，都喜欢去那儿重温或者幻想最隐秘的梦，有对权力的向往、有对金钱的渴求、有愤怒的发泄、有委屈的哭泣、有对往日的追忆……张艺谋所展现的电影的空间是人性的，并充满了诱惑，电影的集体潜意识自然地浮现出来。张艺谋的电影总能获得国际大奖，从柏林到戛纳再到威尼斯，这满足了许多人潜意识里对洋奖洋人的认同与崇拜。而且张艺谋的电影不仅有一个好看的并不复杂的故事，还会有一个年轻美丽的女人，而且她还会有着像雾一样美丽的故事。张艺谋的电影有着装饰性极强的画面，对人产生强烈的视觉冲击力，使人分不清画里画外，有时会在他的风景中迷失。它满足了大众心理深层的某种需求，大众总是关注着演员，因为演员能把浪漫、时尚、金钱、大胆，统统全盘托出给你看，让你向往、嫉妒，也让你快活与放松。名车美女、才子佳人谁不喜欢，演员真是让人开心的大宝贝。人们甚至会幻想画面外女人的种种风情。这些本是无人知晓的女人，一旦从张艺谋的画面走下来，就会脱胎换骨，从此她会过另外一种生活，成为另外一个神话。女人一想到这，手心就发烫，心口就发慌，这正是女人几个世纪要飞去的天堂。集体的梦，在电影中得到了强化与投射，电影或许更集中地反映了社会集体的潜隐紧张。张艺谋懂得电影也懂得大众的胃口。

现在中国的整个艺术创造，处于浮躁与平庸，缺乏创造的态势。我们似乎在期望着某种优秀的创作，但我们的眼光却还停留在昨天。我们的感觉、审美却没有随着我们的热情往前进。有时我们对前卫的东西趋之若鹜，其实不过是"皇帝的新衣"。

大众趣味的堕落，使我们更多地关注绯闻、丑闻、笑话，并津津有味地编织和咀嚼。

当大众关注的敏感点从创新的前沿移开并坠入花边新闻的时候，我们的文化是可悲的，是要警觉的。

艺术家、媒体与大众应摒弃平庸、自悲与无聊，共同构造一个文明、充满创新精神的文化平台，这才是我们应关注的热点。

2003

办公室里的故事

办公室里对桌坐着的是两个衣着入时的五十岁女人,一位身着冬妮娅的水兵服,一位身着郝思佳的束腰大摆宽边裙,美中不足的是腰间的赘肉四溢,大煞风景。

五十岁对于一个女人应该是一个什么年龄呢?应是一个心静如水、云淡风轻,如站在山顶观赏万种风景一般超然的年龄,并颇有一种出世的品位。

然而这两位五十岁的冬妮娅与郝思佳,心情却不像她们的时装那样鲜亮,她们心乱如麻,乌云密布,两脚深陷泥潭。这是为何?有人说是由于物欲的膨胀及女人的虚荣心扰乱了她们内心的平静。我以为主要是更年期使然。更年期是女人的专利,并富有心理意义,间接或直接对家庭及生活有影响。更年期是女人的一个关卡,这个关卡绝不是"两岸猿声啼不住,轻舟已过万重山"那般轻轻松松。因为这与内分泌功能的变化以及神经系统变动有连带关系,对于此生物学的基础我们不可忽视,这才是科学人性的关照。

两个老女人冷战不断,关系僵持,工作搁浅,办公室的工作一片混乱,真可谓女人的敌人是女人。郝思佳看着冬妮娅身着浅鹅黄色的毛衣,像一只刚出蛋壳的母鸡,郝思佳便说:"干萝卜浇水不嫩装嫩。"冬妮娅望着郝思佳涂着艳红的唇膏,便愤然地说:"老黄瓜抹绿漆。"郝思佳说冬妮娅不过是个副局长的太太,自己什么本事也没有;冬妮娅回应,那是我的福气,并说郝思佳是个克夫命,不然怎么早早成了寡妇……真可谓女人与战争有不解之缘。

两个老女人都来向我倾诉内心的委屈、愤懑,并眼前一亮达成了解决问题的共识，即和对门办公室三十岁的两个男同事互换位置，一对男女即柳暗花明了。理由是：男女搭配干活不累。我不禁哑然失笑并说："这样的搭配愈干愈累。"见老女人表示不解，我便说："年龄的错位。"年轻的男人理所当然地喜欢与年轻的女人搭配干活，即使是老男人也是如此，因为人愈老愈想让青春的气息注入他衰老的躯体，又何况是三十岁的男人。三十岁的男人是一匹英武、彪悍、发亮的黑骏马。你们是同事，而且黑骏马还是老女人的领导。从年龄上看，三十岁的男人充满着自尊、自信与同情心。对于老女人的无理，他不好意思批评，又不好板着脸去管，打扫卫生、擦玻璃、拖地板统统成了黑骏马的活儿，逢年过节单位发东西，黑骏马得楼上楼下为老女人扛大米白面、搬苹果拿带鱼，甚至食堂的午饭，老女人都支使黑骏马去打理。三十岁的黑骏马还不懂得什么是更年期，只觉得老女人是一种"怪物"。他在家中还是母亲的心肝宝贝，在办公室里却受着老女人无尽的折磨，更何况黑骏马喜欢青春的嫩草地、芳香的花朵，而不是荒芜的干草堆，老女人实在应发恻隐之心放小兄弟一马，这才人道。

我惊异一个五十岁的女人会提出这样幼稚的问题，可见半个世纪的生活，并没有使她活明白，她对心智的运用尚不成熟。五十岁的女人浑身上下都应散发着慈爱、宽容和智慧的气息；五十岁的女人应是得体的女人，如果还有一点水样的抒情留在眼睛里，将会展现一种清爽与干练的优美；五十岁的女人应是善解自己、善解别人的大师，尤其会自娱自乐，当无人喝彩时，自己为自己喝彩，而不自暴自弃。我想，女人一些不近人情的品性，其实与更年期并没有直接的因果关系，真正的原因是本人的种种品质特性潜伏到了更年期，便会乘机发作了。如果她的人格品质，随着年龄经验的增进而日趋开拓丰富，那她到六十岁，或许在年轻人看来更加丰神逸秀，重要的是年轻时要学会不断提高自己，那么就会轻轻松松度过五十岁更年期的万水千山，并且将是一道独特且无可替代的女人风景。

2002

探望病人的艺术

探望病人是一门很深的学问，这其中涉及心理学、医学、伦理学、社会学、生命学、关系学……在我患病期间，深深地感到探视者对上述知识存在普遍的常识性缺失。

由于我是无权、无势、无钱的小人物，所以借探望之名谋升官、发财之人，无也；领导即是俯视性的做关怀秀，也懒得表演了。我患的是肾功能衰竭，当时正在心衰，但在他们眼里我除了花钱，已毫无利用价值。他们做得彻底明白，我更是冰雪一样通透，这其中打下的心结，具有坚冰的特质。我是死过一次的人，回头再看看红尘中的人和事，才真正懂得什么是人世间。

一般来讲，职工患病，领导象征性的看望，哪怕是表演，也是个重头节目，这首先是领导对自身形象的展示，（且不谈人民的利益无小事，何况是生死大事）对职工也是一种安慰。人道主义的精神，人性中的同情、善良与良知，不可由于官场、市场的行情而丧失殆尽。

看望病人，首先要了解对方患了什么病，最好要先读一点医学科普的书籍、更要了解患者的心理需求、现在病情处于什么阶段，还要了解自己与患者的关系：亲缘关系、同事关系、朋友关系、点头之交、邻里关系、上下级关系。最后还要确定一下自己是否欠了人情债、经济债。千万不可吃了就吃了、用了就用了、拿了就拿了，这是还债的最佳时机。日本还特地为还人情债制订了两个节日，一个是中元（夏季）、一个是岁暮（年底），值得借鉴。

不同的关系，不同的病情，要有不同的分寸，切忌哪壶不开提哪壶而激惹病人。病中的人敏感、脆弱，要多体谅为是。

如果是一般性的关系，问候一下就可以了；如果是亲缘关系，由于血脉相连，根据实际需要，或经济上支持，或侍候于病榻左右，或煮粥熬汤。掏出心肺的话语，神情中浸润着亲情、弥漫着关爱，这是给患者最好的补品，患者的内心也会充满了温暖和欢愉：我不是孤独的，我是被爱的。

探望病人，不要打扮得太招摇、太艳丽，像个活泼的花蝴蝶，也不宜穿一身黑色的丧服，干净、整洁、得体就行了。服饰对人心里暗示作用，不可轻视，服饰心理学是探望病人必读的课本。

许多人都喜欢拎着花篮，举着鲜花，打扮得鲜鲜亮亮来探望患者。为什么鲜花总会成为探望病人必不可少的道具？这是因为两个绝对：一、绝对的不错；二、绝对的省钱。这实在是个误区。

以我的切身体会：往病房里送花是不合时宜的。如若是单人间还可以，如果住的是两人以上的病房，花就是一种累赘，甚至是灾难。因为病房里最宝贵的是空间。一个小小的床头柜，有多种用途：放药、用歺、喝水……每天还要消毒。鲜花放在何处就自然成了让人费尽心思的事。

三个患者的病房，有时竟成一个小小的花房，既碍于走动，更不利于医疗护理。大查房时，院长、主任带着浩浩荡荡的"白衣天使"的队伍，双足没有插入之地，左右为难，上下求索，都是鲜花惹的祸。任何一种东西适合场合就好，不适合就不好。

幸亏我是个明白人，高烧没把我烧糊涂，脑子也没进水，凡是花一落地，送花人前脚走，我后脚就将花设法处理掉，以免雾里看花，妨碍医疗，又增加了细菌的侵入。

有人问，难道没钱就无法看望病人吗？非也，有钱没钱是小事，重要的是真诚，不要把看望病人当成一种手段。有钱有有钱的办法，没钱有没钱的办法：打一壶热水，送一顿可口的饭菜，或帮助患者做点其他事情……这种关怀很实在，比人民币更有价值。

我最害怕探望者闲来无事，或出于好奇，或出于打探，或出于关心，拨一个电话：病好了吗？要坚强，要想开，疼吗？忍着点！一个月花多少钱，缺钱说话！什么时候换肾，换完了能活几年，什么叫排异药……我去看望你，隔着玻璃窗送你一束玫瑰花。

每当我强忍着痛苦，回答了他们的问题，如同免费给探询者上了一堂肾脏普及课。我感到心发慌、手发麻、胸口憋、喘不过气来、心率加快、血压升高……要经过很长时间的休息、调整和服药，才能缓过来，这种关怀简直是一种温柔的杀害。

病中的人最大的愿望是遗忘，哪怕一瞬间。询问者偏偏要强化我的痛苦，提示我的疾病，就像手中拿着一把锋利的刀，一刀一刀又一刀拨动着我的伤口，看着我的伤口是否渗血，是否痉挛……或时不时告诉我各种小报上治疗肾病的广告……让我一刻都不得安宁。虽然这绝非他们的本意，他们的出发点或许完全是出于对我的关心，但对一个病人来说却是适得其反。

探视者要懂得患者的心理需求，不要以为不用自己兑现的支票就可以任意挥霍，患者不会感谢你空洞的好心，这给患者带来的心理压力和痛苦绝不可低估。

看望病人切忌假话、大话、空话，如：有事好说、缺钱说话、要肾说话……大凡说这种话的人，心里都明镜似的你不会要他的钱、更不会切他的肾，他才如此大方慷慨。如果有一天公布：说假话要上税，他立马就会变成哑巴。

现在的人各个都历经沧桑，不傻不蔫。如果你真想给钱，撂一个大信封多真诚；如果你想给肾，把配型的化验单放在桌上，多感人；如果想帮忙，打一壶热水多简单。

在忧郁的病房里，病人睁着忧郁的眼睛，望着窗外的阳光。在这个特殊的舞台上，也许他们会回到人群，也许就从这里永远走了，给他们一些真诚和爱吧！让他们在最后的时刻，心里也布满阳光，不要把人间的虚伪和谎言带进天堂。

　　探望病人不是一种简单的人情旅游，而有深切的人文内涵。我不禁想起一位叫高立林的朋友。那是2000年的春天，我去报社，他正要去医院看望一个同事。他详细地向我咨询了这种病的症状、药物及副作用、适宜吃什么、不适宜吃什么、什么食物有助于恢复……一贯开朗豁达的他，情绪变得严肃。这种对同事的真挚和体贴，我已久违了，令我十分感动。

　　探望病人需要有技巧，最好的技巧是倾听样。可以问：你有什么感觉，好的聆听者就是送给病人最好的礼物，创造性、体贴的聆听艺术可以减少病人的痛苦。

　　这里切忌假话、空话、大话，这会令患者不舒服，使患者感到更孤单、更痛苦、更无助。他会认为，在生命的最后时刻依然有人在欺骗他，他会伤心流泪。这个时刻的泪是寒冷的，落地成冰。

　　我们要尽可能给患者提供精神上的支持，甚至用肢体语言和眼神的艺术，让患者感到在被惊涛骇浪拍打时，你是一块能抓住的岩石，让我们共同分享生命的体验是极有价值的。

　　患者希望得到平静、宁静和爱，用善良和爱心构架起一座与患者沟通的桥梁，这是爱之桥。

　　学会如何探望病人，不至于好心办错事，以致后悔莫及，这才是真正的仁道与仁爱。

2004.11

女人的两个穴位

女人有两个敏感的穴位，无论是达官显贵，还是平民百姓；无论是白头老妇，还是妙龄少女；无论是博导，还是文盲，只要轻轻一触就痒，一痒就乐，一乐就晕。

第一个穴位是：夸她年轻漂亮。点击时手法要温柔、自然，不要太猛，要有润物细无声的穿透力。如夸她的气色好像是秋天刚摘下来的富士苹果，头发浓密得像是黄山的瀑布，身材细溜得像花季少女，曲线与性感像年轻时的索菲亚·罗兰，眉眼像电视剧里正在热播的女主角——注意要根据剧目应时对应，如播《阳光灿烂的日子》时说像宁静；播《永不放弃》时说像江珊；播《橘子红了》时说像周迅；播《漂亮妈妈》时说像巩俐；播《空镜子》时说像陶虹……记住播《马大姐》时千万别说像马大姐，那就招人不爱听了。

如果她肤色黑又长了黑斑，就说她肯定去了加勒比海或是墨西哥湾度假了。"黑"是富人与时尚的标志，只有穷人才在家穷捂着，愈捂愈白，所以人家常说一穷二白，而不是叫一穷二黑。

第二个穴位是夸她孩子天下无双。手法要又捻又摇、上下提插，一定要强刺激，使针感向全身放射，达到酸、麻、胀的感觉，令她痛快过瘾。

如果她的孩子手脚麻利地拿走了你的钱包，你要夸她的孩子是未来的魔术师，水平不会低于大卫，将来定能誉满全球。

如果她的孩子经常出去打群架，身上常常挂彩，你说这孩子将来一定能成为泰森。

如果这孩子把满墙涂得乱七八糟，你说他是未来的毕加索。

如果这孩子胖得进门横着过，你说这是稀有人材是当相扑的好材料。

如果这孩子左看右看无一是处，只是个子高点，夸她是当模特的好坯子，如果让张艺谋发现了，麻雀立马变成孔雀，孩子她妈就腈等着拿簸箕撮银子去吧……

直到夸得昏天黑地，孩子她妈笑得晕了过去，你便不失时机地实施自己的计划，目的不外乎有三个：

一、借债；

二、赖债；

三、升官及要各种好处。

总之，拍马屁的办法千千万，但目的却是亘古不变——骑马先拍马，拍马为骑马。

2002

粉领女人

粉领是专指那些在家工作的自由职业者，具有散文诗歌气质的女人。她们可以年轻也可以不年轻，重要的是她们的生活非常闲适和自由。

她们像一个风筝，过去风筝的线是拽在单位的手里，现在风筝的线拽在自己的手里。她们有家，家是她们的栖息地，家可以是两个人也可以只一个。家不一定很大，但一定要有情调，简约、自然。

粉领女人又是周末女人，不像星期一女人那样乱、忙、杂，又不像星期三女人那样疲劳，周末女人永远把生活当作闲适的假日。粉领女人是沉淀在手镯上的花纹，沉稳自然，有一种朴素的华美。

粉领女人知道，女人如花，花开花谢，迷人一季、芳香一季、美丽一季。风像一双翅膀，把芳香散布四方。粉领女人凭着自己的智商、干劲和理想而不是姿色与肉体获得成功。

花谢的粉领又称为粉领徐娘，依然从容地在自己的花园里，打造着自己的世界，展示了一种与众不同的质地、色彩和形态——粉领女人是不怕衰老的女人。

粉领女人的面前有一个淡雅的茶盅，她们不快不慢地品着菊花茶，她们不喝酒，她们体会不了白酒的豪爽、葡萄酒的芳香、洋酒的苦涩。在粉领看来，这些激情的液体远不如一杯菊花茶来得可口清爽。

粉领女人是素雅的山水画，她们反驳着商业社会中的紧张、竞争和冷酷，她们远离了物质金钱的诱惑，云淡风轻地过着自给自足的日子。粉领女人大多早晨起得晚，外出的时候大约是在午后，她们一般极少化妆或完全不化妆，让皮肤任意地裸露着，自由地呼吸。她们有时两个星期都不出门，电话、电脑、传真是她们与外界联系的渠道。她们着装休闲、随意，不注重品牌，但讲究款式：质地如纯棉的长裙摇曳着一款碎花，长及鞋面的花布裙，在风中摆动，衬着她纤细的腰，有一种音乐的律动与妩媚；有时选一款麻质的长裤，着一件宽松的休闲装，不经意中流露出几许成熟与质朴。

粉领女人对紧张的人际关系缺乏疏解的能力，在受到情绪冲击时，常常会感到措手不及；弥合伤口的能力明显不如白领自如，更不如金领干练。有时她们会读《荒漠甘泉》，但不是由于信仰，而是一种滋养，这时，在她们的脸庞上我们会读到娴雅、纯粹等意味。

她们主动放弃了对物质的苦苦追求，以纯粹、自然、游戏的精神，在都市的天空中飘摇着她们的心。粉领女人依然相信爱情，绝不在乎是自己还是男友买单，最喜欢的电影是《花样年华》，尤其是电影中的音乐，拉丁味十足。王家卫用蓝调营造了蓝色爵士浓烈的迷醉气氛，浓烈得如红酒，就像粉领女人的梦幻。

2001.10

谁来买单

我自幼所受的家教是"待人风光,自己节俭,鱼肉留给客人用,白菜萝卜自家餐"。但在这人心不古的今天,这家教却让我处处吃亏,屡屡上当,甚至是伤害。于是我决心弃之,并实行一套行之有效的现代公共关系学:你求我,你买单;我求你,我买单;谁也不求谁,各买各的单。这样小葱拌豆腐,一清二白。不暧昧,不客套,不侵占,公平合理。

这种买单的原则,我确实经历了痛苦摸索的实践。如本来与对方是一种甲方与乙方的合作关系,双方本是平等的主体,但由于我所受的家教,使我仍固守着"待人风光"的古训,不承想对方立马就蹬鼻子上脸,不仅理直气壮,而且理所应当,继而得寸进尺步步逼近,完全不把你放在眼里。他的逻辑是:你请我,你愿意,你活该,既然你愿意,那就是你有求于我,求着我就得哄着我,当然我的价码就要往上蹿。

我对这种现象进行了深刻的思索:一方请另一方吃饭,本是合作的关系,结账的总是固定的一方,这就蕴藏着一种不公平的交易,隐藏着一方对另一方资本的不公平的占有。我欣赏资本式的人际关系,这种人际结构的特点是不介入面子、情感,物质、利益决定一切,人与人之间少有感情上的摩擦。这种关系结构是一种耗损最小的人际关系,并已基本上成为当今人际关系的主流。

我对这类人又进行层层剥皮:他们有着无耻之人的逻辑、心理、脾气、思维。善待与客气是无耻之人发病的温床,医治无耻病的药方是:铲除温床、大胆"施虐"。我不禁想起在拥挤的公交车上:你稍抬一下胳膊,对方马上就把书包顶在你腰眼上；你轻轻挪动一下脚，他的脚马上就死死地踩在你的鞋上；你刚靠近窗口想呼吸一口新鲜的空气，旁边的人马上把鼻子伸出窗外，并形成一种定格。在这里形成了鲜明的你退我进、寸土必争的战场，酷似人与人之间小心翼翼、明争暗斗的人生舞台的缩影。

人情似纸张张薄，世情如棋局局新。我及时调整了自己的公关方针，重新拨弄了棋子：你来采访我，我提供了新闻线索，你占用了我的时间，嫁接了我的思想，移植了我的语言，填充了你的栏目，你必须向我付费，我绝没有请你吃的道理。不然，按照无耻之人的逻辑，你吃了我，还以为我求了你，岂有此理？这不符合市场经济的游戏规则。我大胆地"施虐"，他竟一脸的谄笑，好像欠了我什么。看到"施虐"的有效，一种酸楚的感觉从我内心泛起，好像雨后的铁锈。

听说在日本，一年中有两个日子很重要：中元（在夏季）和岁暮（在年底）。这两个日子是要人们向曾经帮助过你的人致谢，如你毕业时谁曾为你说过话、你升迁时谁曾提拔过你、你曾白吃过谁的饭……总之，要向曾经施恩于你的人去致谢。所以日本人不轻易求人，不占别人的便宜，因为人情债会愈滚愈大。中元、岁暮这两个日子帮助人迅速了断了人情债务，轻装上路，这其中确实有值得借鉴的地方。

至于我创造的"你求我，你买单；我求你，我买单；谁也不求谁，各买各的单"。从表面上也许有些功利，但它避免了剥夺与侵占，它含着公平的因子，也减少了人与人之间的磨损。

如果上述的"无耻之人"懂得市场经济下人与人的关系是一种公平合理的互动关系，无耻之人就会不无耻了，更不会得寸进尺了。

在商品社会中讲的是成本与收益，谁也不会白白地投资、白白地付出，谁也不能白白占别人的便宜，天下没有免费的午餐。市场经济给人际关系带来最大的变化就是，承认每一个人都有自己独特的、不可剥夺的利益，而且每一个人的利益都是平等的。因此，人与人之间的交往，只能拿各自的利益来进行公平交换。否则，两个人之间就不可能产生人际交往，也不可能维持交往。一味鼓吹"吃亏是福"的观念，根本否认了其中的交换原则，在实践中是行不通的。整个社会都必须按照"等价交换"和"公平交易"的原则进行交换、进行合作，才能进入良性循环，建立更合理的人际关系。

2001.5

当不当全职妈妈

　　一位白领月薪6000元，向我咨询："是放弃工作一心一意回家相夫教子，还是请个保姆，自己工作？"

　　我问她为什么要回归家庭，她说："没有了工作的压力，一心一意照顾宝宝，系统学习早期教育、哺育宝宝的知识，做到科学育儿，同时也减轻了丈夫的负担，使丈夫在外安心工作。""既然道理这样充分，又为什么犹豫？"我问。她想了半天才说："我怕失去自我，在家里是一种相对静止的状态，在人才竞争的今天，停下来就意味着后退。当我又和朋友相聚在一起，再没有时尚的话题，缺乏新知识的沟通，在朋友的优越中我怕失落，这很可怕。"

　　是否做个全职的妈妈这是个人的选择。时代的进步，经济的发展，为个人的选择提供了广阔的空间。你是否做个全职妈妈，最重要的是给自己定位，要明确自己到底要什么，你是否具备了做全职妈妈的条件，你是否具备了抗风险的意识。

　　依我个人看，做全职母亲必须具备两个条件：一、稳定的经济收入，一定的消费贮备能力；二、具有重新工作的能力，不会被将来的工作拒绝。

　　所谓风险意识即是，当你退回到家里，首先意味着你对自己暂时的放弃，如果为了自己就不会回家。当然，孩子是母亲生命的一部分，与孩子在一起你会体会到成长的快乐。看到孩子一天天长大：会笑了、会说了，都会令你十分快活。新生命的诞生，为你增加了生活的色彩。你静静地体会"生小孩"给你家庭、人际关系及日常生活带来的变化。但幸福有时就像手中的沙土会随风飘去。如果你是处于工作状态的母亲,会有一种振奋的状态,这种积极的状态会辐射给孩子,有利于孩子的成长。身为人母的你,会用母亲的眼光去看这个世界,一切变得亲切柔和了。

退回家庭最大的风险,首先是你投入太多,将来恐怕也会失落。孩子三岁以后上了幼儿园,便开始有了自己的圈子,然后进入小学、中学、大学,甚至出国留学,直到成家,和你在一起的时间会愈来愈少。由于你付出得太多,总会把孩子的世界看成自己的世界,孩子的一切就是你的一切,在关照孩子的过程中,你可能忘记了自己。在静止的状态中,在对孩子成长的关注中,自己可能会生锈。当孩子长大了发现已和妈妈无话可说,或者你望子成龙心很强烈,但长大的孩子并不优秀,而且,由于在妈妈百般的呵护下,依赖性很强,丧失了独立性,这种风险最为可怕。

母亲过度的爱是一种危险的付出。当母亲爱得过度时,孩子会对你的生活不闻不问,也不会主动探望你。他们绝不是轻视你,也不是不爱你,而是把你以往为子女所付出的一切都视为理所当然,丝毫不放在心上。莎士比亚说:爱是一种温柔的东西,要是你拖着它一起沉下去,未免太难为它了。

如果爱是一种单方面的付出,忽略了培养孩子爱的能力,有朝一日母亲离去时,孩子也没有太多的惋惜与不舍。

爱是一种充满风险的付出,如果在你爱孩子时,没有忘记爱自己,就基本具备了抗风险的意识。

做全职妈妈,你准备好了吗?千万别忘记自己。

2001.5

感谢《文学与社会》

离开北京多年了,但我总是想起每到傍晚踏着"臭豆腐呦,酱豆腐呦""金橘儿哎,青果哎,开口胃哎"……的胡同交响乐,买回散发着墨香的《北京晚报》的那种感觉。

现在我身在异国,只能面对着一台15寸电脑显示器读《北京晚报》,与那种在胡同里买晚报读晚报的感觉完全不是一种味道。现在想来那时买晚报读晚报不仅仅是为了知道新闻,而是在感受和亲和一种鲜活的北京人的生活。而现在我面对电脑,感觉不仅有隔膜还有些冰冷,看来全球网络化的时代,并不能实实在在消除距离的隔膜。

后来有朋友常常从北京给我带来《北京晚报》以解乡愁。每当我接到《北京晚报》首先要寻找的是《文学与社会》版。那时《文学与社会》是《北京晚报》的一个品牌。在文化消费上的品牌意识,我是从这里建立的。尤其是当我看到《人与动物》富有激情的征文策划,我被吸引了,被感动了。从那时起我改变了自己的生活观念。我开始对人与动物、人与自然、人与环境的关系重新进行了反思。自幼我所受的教育是"征服大自然,向大自然索取",那时在音乐课上唱的歌是:"到森林里砍伐一棵棵大树……""燕子在蓝色的天空飞翔,寻找自己从前的家乡,为什么这里变了样,是我们把树林变成了工厂……"在语文课里,武松是我们崇拜的英雄,因为武松能打老虎。"人与动物"的篇篇佳作都洋溢着人对动物的深情爱恋,第一次展现了人类对生存环境的审视,唤醒人类要与动物建立和谐美好的共同的家园,这是观念的更新,人类应以更博大更仁爱的胸怀来关照自然、关照动物。

在结冰的河上,我看见一只受伤的兔子,我揣在胸口上暖着它;当我又看见从低矮的冬青林里,跑来了灰扑扑的小动物,我不再举起猎枪,我们在篝火旁一起分享着我的食物和水果。我望着湖边的垂柳,每一绺枝条都结了冰凌,听着风摇着树挂清脆的响声和小动物在我身边的喘息声,觉得那真是天籁的歌声。

现在我是一名动物关爱者、绿色环境保卫者。为此我要感谢《北京晚报》,感谢《文学与社会》版。

闲话"鲁豫有约"

"鲁豫有约"是香港凤凰台的谈话节目,开始觉得栏目还不错,有一定的信息量,后来便觉得栏目有些瑕疵。

给我印象比较深的访谈,一个是与王小蕙相约,另一个是与璩美凤相约。

在与王小蕙相约的几十分钟里,鲁豫自始至终都被王小蕙牵着走,走得十分顺畅。鲁豫坐在王小蕙的对面,完全不像凤凰的主持人,倒像一个未经世事的小女孩。这个小女孩是那样单纯,那样多愁善感,那样容易轻信别人,她已经完全融入了王小蕙的世界里。

也许由于王小蕙的魅力太大了,也许由于王小蕙的光环一个套一个,太具有辐射力了,使我们年轻的主持人忘记了自己。这样心甘情愿地被人牵着走的情景,固然可以显示主持人的天真可爱,也可以显示主持人缺心少肺,但人家王小蕙可头脑清醒,她所要表达的,要展现的,都很到位。

作为主持人最重要的是保持一种冷静、客观,甚至有时需要零度的情绪。但鲁豫的脸是一个晴雨表,阴晴冷暖,一览无余。

再看看与璩美凤相约时,鲁豫的表现。

首先对璩美凤绯闻的认识不够,不能因为这个绯闻在百姓中传得沸沸扬扬,是市场的卖点就一定也是电视台访谈的卖点,应找一个角度一个切入点进去,然后再找一个点顺利脱身。

这件偷拍事件,璩美凤的遭遇是值得同情的,况且她与她的男友是真情而不是交易。她所做的事,是两个人之间的事,也是其他女人能做的自己的事。

不同的在于，璩美凤被人偷拍了，走进了大众的视野，而别人没有。

璩美凤是台湾的政客，能在生事以后，又去唱歌，又去出书，又去表演，又去赚钱，她不肯向对手屈服，不肯退缩，不肯躲到欧美在尼姑庵内捻佛珠、诵佛号来消解自己的"罪孽"……也不肯深居简出躲在家里过一种与世无争的生活。

试想就这样一个女人，采访她的时候是需要费些心思的。鲁豫显然压不住璩美凤，后者是有备而来的。璩美凤说："新闻是嗜血的！"这句话对台湾十分贴切，人愈是无辜，意外事件愈是层出不穷，新闻就会愈来劲。所以璩美凤要利用媒体。所以鲁豫的几个问题都被璩美凤准确地扣杀了回去。

显然，璩美凤巧妙地把自己放在了受屈辱与受损害的位置。

鲁豫说，事情发生后，你可以做事，但不一定去新加坡唱歌。鲁豫的神情带着明显的不理解。

璩美凤回答，你的意思是这些事要在人们把这件事淡忘了以后再去做？但我不知道要等多久，我不知道人们什么时候才能淡忘，是一年还是两年？

璩美凤在媒体面前表达了她的选择，即面对和坚强。鲁豫表达了什么？

2003

后　记

　　本着对爱妻申力雯的深切怀念,现将她的所有文字收集整理,汇集出版"申力雯文集"一套四本,以示我对她的纪念。

　　逝者已矣,生者当如斯。

夫　王国栋
2017年3月